Susanne Fülscher

Muss Liebe schön sein!

Dieser Band ist auf 100% Recyclingpapier gedruckt. Bei der Herstellung des Papiers wird keine Chlorbleiche verwendet.

Die Autorin:

Susanne Fülscher wurde 1961 in Stelle bei Hamburg geboren. Sie studierte Germanistik, Romanistik und Pädagogik und arbeitete einige Zeit als Journalistin. Heute lebt sie als freie Autorin in Berlin und schreibt Jugendbücher, Romane, Kurzgeschichten und Drehbücher.

Susanne Fülscher

Muss Liebe schön sein!

Deutscher Taschenbuch Verlag

Ungekürzte Ausgabe
In neuer Rechtschreibung
August 1999
Deutscher Taschenbuch Verlag
GmbH & Co. KG, München

ISBN 3-7709-0911-9
Umschlaggestaltung: Jorge Schmidt und Tabea
Dietrich unter Verwendung eines Fotos von Jan
Roeder
Graphische Elemente: Ruth Botzenhardt
Gesetzt aus der Concorde 11/13'
Gesamtherstellung: Ebner Ulm
Printed in Germany ISBN 3-423-78133-5

Fußballgroupie

Eines der schwierigsten Dinge im Leben ist, in der Badewanne zu liegen und seinen Bauchnabel zu fotografieren. Man muss sich dabei ziemlich krümmen und aufpassen, dass das Objektiv keinen Badeschaum abbekommt, und wenn der Apparat sowieso nicht eins a ist, kriegt man mit fünfundneunzigprozentiger Sicherheit nur undeutliche Bilder, die ebenso gut auch auf dem Mond geschossen sein könnten. Aber was bleibt einem anderes übrig, wenn man vorhat, als weltbeste Fotografin in die Geschichte einzugehen? Rein ins Wasser, Augen auf und Auslöser drücken! Sich bloß nicht von Leuten irritieren lassen, die meinen, man habe einen Knall.

Mummi hatte sich vor Urzeiten mal ihr Horoskop aus der Zeitung geschnitten und an den Kühlschrank geklebt: »Lassen Sie sich durch ein bisschen Mühe nicht abschrecken! Denken Sie immer nur an Ihr Ziel und streben Sie vorwärts!« Genau das war mein Lebensmotto, auch wenn Mummi sich den Spruch zuerst auf ihre Fahnen geschrieben hatte. Alles in allem war Mummi ganz prima, aber trotzdem rasselten wir ziemlich oft aneinander. Thema Hausarbeit: Während Mummi unser Badezimmer täglich mehrere Stunden zwecks diverser Schönheitsbehandlungen besetzte, war unsere Wohnung immer total unaufgeräumt und überall lagen Staubflusen herum. Wie gerne hätte ich mal einen picobello gewischten Fußboden vorgefunden, von dem man Pizza hätte essen können, wenn man wollte. Ich hätte meine Freundin Helma eingeladen und vielleicht noch ein paar andere aus meiner Klasse. Anne-Marie zum Beispiel, die wie eine Fleisch fressende Pflanze aussah und wegen ständiger Petzerei hinterher die Krümel hätte vom Boden klauben müssen. Oder die Makkaroni, ihres Zeichens Englischlehrerin und derart in die italienische Küche vernarrt, dass sie kalte Pasta mit in die Schule brachte und sich wie eine aufgequollene Nudel durch die Gänge rollte...

Ach ja, Joscha! Der hätte natürlich ebenfalls bei meinem Fußboden-Pizza-Essen mitmachen dürfen, auch wenn er es vielleicht nicht verdient hatte. Joscha war in diesem Jahr als Sitzenbleiber in unsere Klasse gekommen und benahm sich wie ein Ochse, wenn's donnert. Er war muffig und blöd, und wenn irgendeiner es wagte, »Hallo!« oder »Na, du?« oder »Schönes Wetter, was?« zu sagen, schlug er mit den Hinterbeinen aus oder ging, falls er ganz mies drauf war, gleich mit den Hörnern auf einen los. Trotzdem fand ich ihn süß. Joscha hatte braune Teddybärenaugen und auf dem Kopf ein meliertes Teddybärenfell und aß in jeder Pause Paprikaschoten. Und ob er eine Freundin hatte, wussten nur die Götter.

Ich schoss also ein paar Bauchnabelfotos, stieg dann aus der Wanne und zog mich schnell an. Schließlich hatte ich heute noch viel vor. Wenn man's genau nahm, hatte ich eigentlich immer viel vor. Viel zu viel. Ich wollte nämlich immer alles und am liebsten zur gleichen Zeit. Eine berühmte Fotografin werden und die Welt ergründen, und außerdem wollte ich wissen, warum manche Menschen siebenmal die Woche Makkaroni in sich reinstopften, warum andere bei Vollmond auf dem Fenstersims spazieren gingen und warum die Katzen nicht eines Tages zu sprechen anfingen und den Menschen die Meinung sagten.

Helma fand das sturzlangweilig – abgesehen davon, dass ich sie oft zu Exkursionen mitschleppte, die einen gewissen körperlichen Einsatz verlangten. Um Fotos zu schießen, kletterte ich nämlich auf Zäune und auf Berge, legte mich in Gräben und kroch in Röhre und es interessierte mich dabei nicht die Bohne, wenn meine Klamotten mal dreckig wurden. Helma begriff einfach nicht, warum ich für ein gutes Foto sozusagen über Leichen ging. Und wenn ich ihr meine Theorie eintrichterte, dass man durch genaue Beobachtung der Menschen und der Dinge, die einen unmittelbar umgeben, automatisch ein besseres Verständnis für die Welt bekommt, sah sie mich nur bleichgesichtig an. Was gehen dich die anderen Leute an, sagte sie immer und guckte stattdessen mit ihrem Fernglas in den Himmel. So war das nämlich: Wenn Helma nicht gerade schlief, was sie oft und gerne tat, betätigte sie sich als Astronomin und versuchte zu ergründen, was hinter unserem Sonnensystem lag. Das wiederum fand ich blödsinnig. Denn was nützte es, das Nichts und die Unendlichkeit zu wollen, wenn man das Naheliegende, nämlich die Erde und was darauf vor sich ging, noch nicht mal kapiert hatte.

Und ich kapierte immer noch so einiges nicht. Heute wollte ich zum Beispiel einfach nicht begreifen, warum Mummi sich (ausnahmsweise!) in der Küche betätigte und ein kompliziertes Vollwertsonntagsessen fabrizierte, wenn man doch viel einfacher eine Tiefkühlpizza in den Ofen schieben konnte, die zudem auch noch besser schmeckte. Aber das blieb wohl das ewige Geheimnis aller Menschen, die das Alter meiner Eltern erreicht hatten. Ständig taten sie absolut seltsame Dinge, wie zum Beispiel ihre Kinder in puncto Essen als Resteverwerter zu missbrauchen, mit den Nachbarn freudestrahlend über den Jahrhundertsommer zu palavern und hinterher über dieselben Nachbarn abzulästern: »Total rechts sind die und eine Putzneurose haben sie auch.« Und dabei hätte ich es so gern gesehen, wenn wenigstens eines meiner Elternteile ein bisschen von dieser Krankheit befallen gewesen wäre! Mit angesäuerter Miene setzte ich mich an den Tisch und spießte lustlos eine ziemlich al dente gekochte Möhre auf die Gabel. Mein ganzer Schluckmechanismus war derart auf Pizza programmiert, dass ich das Teil einfach nicht runterbekam.

Ich guckte Mummi und Dad an. Die guckten relativ finster zurück. Anscheinend hatte es keinen großen Sinn, die so genannte Essensverweigerungstaktik zu fahren. Der Sonntagmittag war ihnen eben heilig – der einzige Tag, an dem wir alle zusammen aßen. Dabei hätte es mir nicht das Geringste ausgemacht, mir in meinem Zimmer einen Hamburger reinzuschieben.

Genau genommen aß ich am liebsten allein (und möglichst kein Gemüse!), dann hatte ich die nötige Ruhe, um mir neue Fotoserien auszudenken.

Und was konnte ich im Übrigen dafür, dass

meine Eltern beide rund um die Uhr ackerten? Okay, Dad verstand ich noch einigermaßen. Als Geologe kratzte er merkwürdig lebloses Gestein auseinander. Aber Mummi – die hatte mit ihrer dämlichen Kindermode wirklich nicht mehr alle Tassen im Schrank! Sie kaufte kurze Röcke ein und lange Röcke und im nächsten Jahr mittellange Röcke und das Gemeine an der Sache war, dass der ganze Krempel an mir (!), Pauline, dem Versuchskaninchen, ausprobiert wurde. Es verging kaum ein Tag, an dem Mummi nicht irgendein neues Mäntelchen, Pullöverchen oder T-Shirtchen anschleppte, wovon mir schon beim bloßen Hinschauen übel wurde. Ganz zu schweigen davon, dass ich mich in diesen Klamotten vor der ganzen Klasse lächerlich machen würde. Ehrlich gesagt trug ich am liebsten Jeans und Kapuzenpullover, und wenn's kälter wurde, kam Paps' abgelegte Lederjacke drüber, was Mummi ganz besonders schrecklich fand. »Du könntest so niedlich aussehen«, kam es dann immer wie das Amen in der Kirche und ich verdrehte die Augen und nahm das Wort »niedlich« mit in meine geheime Wort-Hass-Liste auf, und wenn ich später vielleicht mal Kultusministerin wäre, dann würde ich all diese Hasswörter einfach aus dem Wörterbuch schmeißen.

Also, die Möhren. Sie schmeckten mit ganz

viel Sahnesoße und einem kleinen Stück paniertem Tofu dazu.

»Bist du nachher da?«, fragte Mummi und hatte ihr übelstes Klamotten-Attentat-Gesicht aufgelegt.

Ich schüttelte entschieden den Kopf.

»Helma kann doch auch zu uns kommen. Ich hole uns Kuchen.«

Ich fand es albern, dass Mummi immer noch glaubte, uns mit simplem Kuchen locken zu können, der noch nicht mal selbst gebacken war. Einmal in der Woche machte sie auf Glucke und Superhausfrau und alle Welt sollte dann gefälligst mit ihr um den trauten Wohnzimmertisch springen.

»Helma kann nicht«, sagte ich ohne es für nötig zu halten, eine weitere Erklärung abzugeben.

»Der tut's doch nur gut, wenn sie mal aus ihrem Laden rauskommt«, mischte sich Paps ein.

Blödsinn. Helma lebte in einem klasse »Laden«. Auch wenn sie zwei Väter und keine Mutter hatte.

Also, streng genommen hatte sie natürlich eine Mutter, aber die war vor weiß der Himmel wie viel Jahren abgehauen, als Helmas Vater eines Tages seinen Freund Franz angeschleppt hatte (so geht die Sage), mit dem er plötzlich auf große Liebe machen wollte.

Franz und Tom. Eigentlich konnte man überhaupt nicht sagen, dass Helma mit ihren zwei Daddys benachteiligt wäre – im Gegenteil. Und falls irgendjemand der Meinung war, Väter seien strenger, im Allgemeinen und überhaupt, dann war das der reinste Quatsch. Ich zum Beispiel hatte mindestens tausendmal weniger Freiheiten als Helma. Das fing beim frühen Nachhausekommen an und hörte bei der Auswahl meiner Klamotten auf. Außerdem durfte Helma an manchen Tagen zwei Eis essen und hatte immer noch Zähne im Mund und sie konnte ihren CD-Player so laut stellen, wie sie wollte, und umsonst ins Musical, weil Franz dort als Maskenbildner arbeitete, und mit Gummistiefeln in die Schule gehen und Türklinken mit Schokoküssen einschmieren und bis tief in die Nacht den Mond angucken.

»Tom hilft uns bei Mathe«, log ich und wunderte mich, dass meine Eltern auf so was reinfielen.

Lernen war okay. Wenn man lernte, konnte man nicht auf blöde Gedanken kommen und dann spielte es auch keine Rolle, dass Helma von zwei Männern gemanagt wurde. Aber ich wollte Mummi und Dad nicht unterstellen, dass sie grundsätzlich was gegen Franz und Tom hatten, dass sie wie die meisten fanden, zwei Schwule hätten nicht das Recht, ein

Kind großzuziehen, weil sie eben zwei schwule Männer seien und nicht ein Mann und eine Frau.

Bevor ich zu Helma rüberging, verschwand ich noch schnell in meiner Dunkelkammer, um den letzten Film mit den Bauchnabelkunstwerken ans Tageslicht zu fördern. Ich konnte mich nicht beschweren – Mummi und Dad waren immerhin so nett gewesen und hatten mir den kleinsten Raum in unserer Wohnung als Arbeitszimmer zur Verfügung gestellt, wo ich jetzt schon seit ungefähr einem halben Jahr völlig ungestört meine Fotos entwickeln konnte.

Ich machte mich an die Arbeit, zog die ersten Bauchnabelfotos aus dem Wasser. Eine irrsinnige Fleischlandschaft waberte in einem schwarz-grau-weiß schattierten Schaummeer von einem Bildrand zum anderen – der Wahnsinn! Ich würde eines der Fotos ausschnittweise als Poster vergrößern und in meinem Zimmer aufhängen. Anschließend kamen die letzten Schulfotos dran. Normalerweise schoss ich jeden Tag in der Schule so genannte Routine-Arbeits-Fotos, das heißt, ich hielt in der Pause die Kamera einfach in die Menge und drückte ab. Später sah ich die Bilder dann in Ruhe durch und fertigte den einen oder anderen Ausschnitt an. Diesmal kam ich aus dem Staunen nicht mehr raus.

Ohne dass es mir aufgefallen wäre, hatte ich mit absoluter Treffsicherheit fast immer Joscha mit auf dem Bild. Joscha an der Milchausgabe. Joscha beim Verlassen der Schule. Joscha in der Raucherecke mit Paprikaschote – ehrlich, ich hatte ihn nicht absichtlich fotografiert!

Ich ging in mein Zimmer, setzte mich an den Schreibtisch und kreiste mit einem Rotstift die Ausschnitte ein, die ich bei entsprechender Gelegenheit vergrößern würde. Es war ein Gefühl, als hätte mir der Himmel oder von mir aus Helmas Universum ein Zeichen geschickt. Ich, Pauline, sollte nicht aufgeben und weiterhin alle Anstrengungen unternehmen, um Joscha zu knacken. So gesehen fing alles mit den komischen Fotos von meinem Bauchnabel an.

Eine Stunde später war ich gefühlsmäßig wieder so weit hergestellt, dass ich zu Helma rübergehen konnte. Ich sagte Mummi und Dad Bescheid, die auf dem Balkon saßen und lasen. Dann düste ich raus, einmal quer über die Straße und durch den schwül stickigen Sommer, und nachdem ich die vier Treppen in dem Wohnblock gegenüber hochgerannt war, klingelte ich bei Helma. Franz öffnete. Er trug nur Shorts und hatte eine irrsinnig bepelzte Brust. Sicher war er früher mal so dumm gewesen und hatte aus Versehen Haarwuchsmittel draufgeschüttet.

»He, ich hab einen Job für dich. Magst du Babys?«

»Hm«, machte ich nur, weil ich Babys ziemlich mittelmäßig fand und mich im Übrigen fragte, ob Franz wohl seine Haare kitzelten.

»Eine Freundin von Toms Kollegin sucht 'nen Babysitter. Da hab ich gleich an dich und Helma gedacht.«

»Nett von dir.«

Seit ein paar Wochen durfte ich Franz und Tom duzen, was ich praktisch fand, weil die beiden für mich sowieso eher Klassenkameraden als Väter von Klassenkameraden waren. Trotzdem wusste ich nicht, ob es mir Spaß machen würde, bei irgendwelchen sabbernden und krakeelenden Würmchen Wache zu schieben. Andererseits war ich immer knapp bei Kasse, und da ich schon seit Menschengedenken auf einen neuen Fotoapparat mit Superobjektiv, Lichtempfindlichkeit 2,5, hin sparte und dabei bislang nicht annähernd auf einen grünen Zweig gekommen war, sollte ich mich vielleicht überwinden.

»Kann die mich überhaupt bezahlen?«, fragte ich und knipste Franz' Brusttoupet.

»Schätze schon. Sofern sie mit zwei Händen ausgestattet ist.«

»Hahaha!« Manchmal waren mir Franz' Sprüche wirklich zu blöd. Also sagte ich ihm, ich würde es mir überlegen, und ging zu Helma. Die hockte vor ihrem Minifernseher und sah sich einen alten Doris-Day-Film an. Ich wollte von ihr wissen, was sie von der Sache mit dem Babysitten hielt.

»Ist doch super«, meinte sie.

»Ich mach da mit.«

»Und wenn das Baby Gift spuckt oder ihm Mörderzähne wachsen, während du es wickelst?«

»Da tritt die Bond-Abwehr 1345 in Kraft. Augen zu und durch.« Helma lachte wie blöd und wollte wissen, ob ich morgen Nachmittag nicht die erste Schicht übernehmen könne.

»Wenn's sein muss«, sagte ich gedehnt und schrieb mir brav die Adresse auf.

Dann fragte mich Helma nach meiner Fotografiererei aus. Das war so ein Ritual zwischen uns: Wir erkundigten uns jede bei der anderen, wie sie mit der Arbeit vorankam, und fanden es dabei absolut unbegreiflich, dass die meisten aus unserer Klasse nachmittags zum Sport gingen, einfach nur im Schwimmbad rumhingen oder vor der Glotze saßen – eben kein richtiges Ziel im Leben hatten, wofür sie jetzt schon anfingen zu arbeiten. Stolz präsentierte ich Helma meine neuesten Fotos. Bei den Bauchnabelaufnahmen geriet sie völlig aus dem Häuschen.

»Die sehen aus wie von einem anderen Stern«, meinte sie, um dann für ein paar Sekunden in ehrfürchtiges Schweigen zu versinken.

Der Wahnsinn! Wenn Helma Komplimente verteilte, konnte man erstens davon ausgehen, dass sie wirklich echt waren, und sich zweitens tausendmal auf die Schulter klopfen.

»Krieg ich auch einen Abzug?«

Ich nickte und merkte, wie meine Wangen zu glühen begannen.

Eigentlich hatte ich schon vorher gewusst, dass Helma meine Mondlandschaftsbilder gefallen würden. Sie hatte da nämlich so ihre eigene Theorie. Dass jedes – und sei es noch so ein kleines – Ding seine kosmische Entsprechung hatte. Kein Wunder also, dass ein Bauchnabel, der in Großaufnahme wie die Oberfläche des Mondes aussah, ihren Beifall fand. Dann kamen die Joscha-Fotos an die Reihe. Joscha bei der Milchausgabe. Joscha isst eine rote Paprikaschote. Joscha verlässt allein die Schule. Joscha kauft sich eine Cola. Joscha kaut grüne Paprika… Alles in allem ziemlich langweiliger Kram für jemanden, der an dem Kerl weniger Interesse als an einer Glühbirne hatte. Joscha-Winzpunkte, aus tausendundeinem Kilometer Entfernung aufgenommen.

Helma legte die Fotos kommentarlos beiseite, alles klar. Trotzdem gehörten sie zu meiner Arbeit dazu und ich wollte sie ihr nicht vorenthalten.

»Glaubst du, dass er vielleicht eine Freundin hat?«

»Heiliger Strohsack! Bei dem Gesicht, das er ständig zieht? Ich kenne wirklich niemanden sonst, der immer so beleidigt in der Gegend rumguckt.«

»Und ich kenne niemanden, der niedlicher aussieht.«

»Und ich kapier absolut nicht, was du an dem findest«, sagte Helma und hatte eine steile Falte zwischen den Brauen.

Schnell drückte ich auf den Auslöser meiner Kamera; schließlich wollte ich der Nachwelt Helmas bösesten aller bösen Gesichtsausdrücke nicht vorenthalten.

»Lass das jetzt!«, schrie sie. »Entweder wir reden sachlich darüber oder du ärgerst mich mit deinem Apparat! Beides gleichzeitig geht nicht.«

»Okay, okay.«

Ich verstaute das Ding in meinem Rucksack und fragte Helma, ob sie mit zum Fußball komme.

Sonntags spielte unsere Schulmannschaft

immer auf dem Hühnerfeld, das wäre eine klasse Gelegenheit, Joscha zu bespitzeln. Irgendwie musste doch rauszukriegen sein, ob er solo war oder vielleicht doch irgendein Mädchenklotz an seinem Bein hing.

»Willst du im Ernst auf der Tribüne sitzen und ihn fotografisch anhimmeln? Wie peinlich!«

»Quatsch! Natürlich gehen wir in Deckung.«

»Und was kann interessant daran sein, einen Haufen Jungs anzugucken, die hinter einem rollenden Etwas herrennen, als ob ihr Leben davon abhängt?«

»Das Vorher und das Hinterher.«

»Mensch...« Mehr sagte Helma nicht dazu. Vielleicht dachte sie ja wirklich, dass ich total am Durchdrehen sei. Oder aber sie glaubte, ich könne meine Arbeit zu Gunsten eines blödsinnigen Klassenkameraden verraten – was ich natürlich niemals tun würde!

Es war noch brütender und stickiger geworden, als wir nach draußen kamen. Ich rannte schnell zu uns rüber und schleppte mein Fahrrad aus dem Keller. Dann radelten wir durch die Gasofenstadt zum Hühnerfeld. Helma fuhr vor mir her. Das weiße T-Shirt mit der Aufschrift »La luna e le stelle« blähte sich an ihrem Rücken zu einem riesigen Ballon auf. Am Hermannsplatz machten wir Halt.

Besser die Räder hier schon anketten und das letzte Stück zu Fuß gehen.

Natürlich kamen wir viel zu spät, um das »Vorher« beobachten zu können. Die Jungs waren schon längst dabei, nach einem dieser schwarzweißen Dingsbumse zu treten.

Auf allen vieren robbte ich durchs Gebüsch. Hauptsache, wir kamen so nahe wie möglich ans Spielfeld ran. Helma krabbelte ungeschickt hinter mir her, ächzte und stöhnte.

»Pauline Karmann! Du kannst dich wirklich freuen, dass ich so eine Engelsgeduld habe!«, maulte sie.

»Pssst!« Ich stoppte, weil mir der Rucksack mit dem Fotoapparat halb von der Schulter gerutscht war und weil ich außerdem fand, dass wir fürs Erste dicht genug am Fußballfeld waren. Ich starrte mir die Augen aus dem Kopf, keiner sah aus wie Joscha, keiner war Joscha! Helma starrte ebenfalls – oder tat zumindest so als ob – und konnte auch keinen Joscha erkennen.

»Dein Schatz macht heute blau.« Helma grinste auf grausame Weise. »Der liegt faul mit seinen Haremsdamen am Pool und lässt sich einen Drink servieren.«

Sehr lustig! Wahrscheinlich hatte sie den Spruch von Franz geerbt. Entnervt ließ ich mich ins Gras plumpsen. Die ganze Aktion war also umsonst gewesen und der Sonntag quasi futsch.

Es war schier zum Wahnsinnigwerden! In ein paar Wochen waren Ferien. Wenn ich bis dahin nichts in Erfahrung gebracht hatte, würde ich die kommenden sechs Wochen in Franz' Pfeife rauchen können! Sechs Wochen ohne Joscha. Keine Bärenaugen, kein Kopfhaarfell, nur blöd verschwommene Fotos mit Joscha-Punkten drauf. Wenn ich wenigstens seine Adresse und Telefonnummer gekannt hätte – ihm zu schreiben, wäre mir vielleicht leichter gefallen –, aber nicht mal das. Mindestens tausendmal hatte ich schon das Telefonbuch durchgekämmt, aber es gab nicht einen einzigen Hützl, nicht mal einen klitzekleinen, und in unserer Klasse wusste auch niemand, wo er wohnte. Natürlich hätte ich Joscha direkt ansprechen können, klar, aber in diesem Fall war das nicht so einfach. Erstens hatte ich schon die Hosen gestrichen voll, wenn ich auch nur in seine Nähe kam – er, der legendäre Sitzenbleiber mit der Aura des Unnahbaren! –, zweitens, und das war eigentlich der Grund, machte er tatsächlich immer ein mürrisches Gesicht und ließ nicht mal die Jungs aus unserer Klasse dichter als einen Meter an sich rankommen – es sei denn, man spielte gerade Fußball. Trotz Teddybärenaugen sah Joscha manchmal Furcht einflößend aus und gerade das machte ihn zu einem Magneten, an den ich ständig wieder ranflog.

»Komm, gehen wir.« Ich stand auf und rannte durch das Gestrüpp zurück ohne mich darum zu kümmern, dass mir stachelige Gräser die Beine zerkratzten.

»Bist du wahnsinnig?« Helma kam hinter mir hergerast. »Wenn die uns jetzt gesehen haben!«

»Na und?« Einen kurzen Moment lang dachte ich darüber nach, ob es nicht doch das Beste wäre, am Sonntagnachmittag mit Mummi und Paps und Helma und frisch abfotografiertem Bauchnabel bei Kaffee und Kuchen zu sitzen und hinterher zu Franz zum Matheüben rüberzugehen.

O Shit! Shit! Shit! Es gab Tage, an denen ich es wirklich vorgezogen hätte, eine Ameise zu sein. Wenigstens kriegten diese Viecher keine Sommerferien und waren auch nicht in Paprika essende Bärenfelljungs verliebt. Sie hatten festgelegte Aufgaben: Hölzchen von A nach B transportieren, Mittagessen besorgen, sich fortpflanzen und so weiter und so fort, und das taten sie dann auch ohne groß zu murren.

»Es wäre mir echt peinlich, als Fußballgroupie entlarvt zu werden.« Helma kam hinter mir hergepoltert, als hätte sie ein Holzbein. »Schließlich will ich nicht, dass später in meiner Biographie steht, Helma Schütze sei als Vierzehnjährige Jungenbein-Fetischistin gewesen und habe jeden Sonntag hinter piksigen Sträuchern gelauert, um den Jungs ihrer Klasse heimlich beim Fußballspielen zuzusehen.«

Das wollte ich natürlich auch nicht. Zur Beruhigung lud ich Helma auf ein Eis bei ›Mario‹ ein, was sie zumindest für eine gute Idee hielt.

Also radelten wir hin. Obwohl meine Laune auf dem Tiefpunkt aller erdenklichen Tiefpunkte war. Unseligerweise reichte die Schlange beim Eiscafé auch noch bis auf die Straße. Na prima. Schlimmer konnte es eigentlich nicht werden, und wenn ich Glück hatte, stellte sich gleich meine Egalstimmung ein. Das war dann der Moment, in dem ich alle Gedanken und Gefühle wegsperrte und mich mit irgendetwas zupumpte. Mit ganz viel Musik. Oder ich ließ den Fernseher bis zum Umfallen dudeln, statt bedeutende Fotos zu schießen. Oder ich stopfte mich eben mit Eis voll. Auf jeden Fall redete ich in solchen Momenten nicht mehr und das fand Helma, glaube ich, ziemlich bescheuert von mir und ich fand's eigentlich auch bescheuert, aber ich konnte einfach nicht anders. Pech für die Menschheit.

Zweimal drei Kugeln. Erdbeer, Vanille und Zimt, in die andere Tüte Schokolade, Nuss und Tiramisu – die reinste Erlösung, nachdem wir uns mindestens ein Viertel unseres Lebens vor diesem dämlichen Eisstand die Beine in den Bauch gestanden hatten. Helma fing schon gierig an zu schlecken, als wir die Straße überquerten, um uns mit unseren Eistüten gegenüber auf die Steine zu setzen. Da sah ich ihn. In gemütlichem Tempo radelte er vorbei. Und wenn ich auch nicht in allen Lebenslagen besonders geistesgegenwärtig bin – diesmal war ich es, drückte Helma mein Eis in die Hand und saß schon auf meinem Fahrrad.

Mein Herz klopfte irgendwo in den Füßen. Noch nie war ich einem Jungen nachgefahren – viel zu peinlich. Wenn er sich umdreht, ist alles aus, dachte ich, aber erstens tat er es nicht und zweitens hätte ich natürlich auch so hinter ihm herradeln können – rein zufällig. Was machte ich mir eigentlich für Gedanken! Dies war meine Chance! Warum sonst hatte das Schicksal Helma und mich zwanzig Minuten lang bei ›Mario‹ warten lassen? Wozu waren drei Kugeln in einer Waffel gut, wenn nicht, um dem einen Glück noch die Krone aufzusetzen?

Dann gab Joscha plötzlich Gas und bog rechts in eine kleine Straße. Ich hinter ihm her, vergaß ganz mein pochendes Herz. Ich würde schon rauskriegen, wo er wohnte, das wäre schon die halbe Miete. Ein paar Fotos durchs Fenster geschossen – meine Güte!

Komisch, welche Vielzahl von Gedanken gleichzeitig durch meinen Kopf hetzten, während ich Joscha radrennfahrenderweise an den Fersen klebte. Ich sah Tom vor mir, wie er seine Pfeife anzündete und darin herumprokelte; mir fiel ein, dass Mummi mir schon wieder so ein ausgefallenes Klamottenteil zum Anprobieren hingelegt hatte; ich dachte daran, wie wohl eisgekühlte Bananen mit Senf auf Schwarzbrot schmecken, und tausend blödsinnige Sachen mehr und wunderte mich, dass ich es dabei schaffte, in diesem Affentempo in die Pedale zu treten und auch noch die Verkehrsregeln zu beachten.

Rote Ampel! Joscha flutschte rüber, mir blieb nichts anderes übrig als anzuhalten, großer heiliger Mist! Ja, hätte ich mich denn etwa überfahren lassen sollen? Joscha war Joscha, aber ich war nur noch zur Hälfte ich, wenn ich mit gebrochenem Bein im Krankenhaus lag. Als die Ampel auf Grün umsprang, fuhr ich pro forma noch weiter, einfach der Nase nach, schaute nach links und rechts in die Seitenstraßen, vielleicht kurvte Joscha dort irgendwo rum. Fehlanzeige!

Helma wartete Nase bohrend und mit angesäuertem Gesicht vor der Eisdiele. Obwohl sie dazu nicht den geringsten Grund hatte. Schließlich lag mein Eis jetzt auch noch in ihrem Magen.

»Muss Liebe schön sein!«, sagte sie.

»Müssen Ampeln bekloppt sein, dass sie immer im falschen Moment umspringen.«

Helma grinste. »Manche Männer machen sich interessanter, als sie sind.« Wahrscheinlich hatte sie Recht. Vielleicht war Joscha einfach nur ein Fantasiegebilde und nicht im mindesten wert, dass man ihm nachrannte. Wahrscheinlich gaukelte er ihn auch nur vor, den interessanten Supertypen, und in Wirklichkeit war er blöd und langweilig und hing jeden Abend mit Chipstüte vorm Fernseher, während ihm seine Mami die Festplatte des Computers einrichtete.

Für den Rest des Nachmittags blieb mir also nichts anderes übrig, als über meinen Schatten zu springen und mit Helma, Tom und Franz Aprikosenkuchen zu essen. Irgendwie fand ich's dann auch gar nicht so verspießert. Zum einen hatte Franz den Kuchen (im Gegensatz zu Mummi) selbst gebacken, zum anderen lief nicht der Fernseher, sondern irgendein Bach-Gedudel, was ziemlich nach Weihnachten klang. Und das bei diesem Wetter!

Tom wollte wissen, ob Helma und ich uns

die Sache mit dem Babysitten überlegt hätten. Ich sah Helma an. Die nickte mir aufmunternd zu. Okay, eigentlich hatte sie Recht. Wenn ich in Sachen Joscha nur vom Pech verfolgt war, wollte ich mir wenigstens in absehbarer Zeit einen vernünftigen Fotoapparat zulegen.

Als ich gegen acht mit vollgeschlagenem Kuchen- und Eismagen bei Mummi und Dad reinschneite, gab es Gezeter. Sie hätten sich schon Sorgen gemacht. Und ob ich es nicht mehr für nötig halten würde, zum Abendbrot zu erscheinen.

Mensch! Ich war doch kein computergesteuertes Wesen, das Punkt sieben Uhr Hunger auf Vollkornbrot plus Aufschnitt und Tee bekam. Während Dad sich ins Schlafzimmer zurückzog, um in Ruhe einen Sciencefictionroman zu lesen, grummelte Mummi mich noch eine ganze Weile an. Als hätte ich sie persönlich beleidigen wollen. Absolut albern! Wenn die nicht auf Tom und Franz eifersüchtig war, fraß ich unseren Kühlschrank samt Eisfach auf!

Zu allem Überfluss kam Mummi dann noch mit einem Haufen Schreckenskleider an, die ich zu dieser nachtschlafenden Stunde anprobieren sollte.

»Hör mal, ich will den Krimi gucken!«, donnerte ich.

»Kannst du auch. Ich will die Sachen nur mal kurz angezogen sehen.«

Großer Mist! Hatte man denn als Vierzehnjährige nicht das Recht, einen ruhigen Abend zu verbringen? Grässlich, diese Klamottensession! Aber manchmal war ich einfach zu schwach, um mich zu wehren. Weil ich keine Lust auf Streit hatte und fand, dass sowieso schon alles egal war.

Also probierte ich die Sachen an, und während Mummi mit tausend »Achs« und »Ohs« an mir rumfummelte und vor Begeisterung schier platzen wollte, versuchte ich krampfhaft den Anfang der Story mitzukriegen. Irgendein betuchter Rentner war umgebracht worden, woraufhin die Ehefrau – sesshaft in einer Nobelvilla an der Elbe – in hysterische Heulkrämpfe ausbrach und in der nächsten Szene ihrem Liebhaber, einem neunundzwanzigjährigen Discjockey, in seiner versifften WG Bratkartoffeln machte und obszöne Witze riss. Gerade in dem Moment, als der Inspektor in der Siff-WG klingelte und ich gespannt darauf war, was für ein Gesicht er wohl machen würde, wenn er die trauernde Edeltussi im Hausfrauendress vorm Herd ertappte, zerrte Mummi mir einen ihrer hässlichen Häkel-Lochmuster-Pullis über den Kopf, so dass ich nichts mehr sehen konnte.

Ausgeblendet! Das war doch wirklich der

Gipfel! Wenn Mummi mich schon mit ihrem Modekram behelligte, dann konnte sie dabei wenigstens Rücksicht nehmen! »Mummi, bitte!«, sagte ich einigermaßen beherrscht und weigerte mich dann den Rest ihrer Kollektion anzuprobieren, zumal ich sowieso nicht einsehen wollte, dass die Töchter irgendwelcher Modevertreterinnen als Models herhalten mussten. Ich schnappte mir unser Handy und verschwand damit in meinem Zimmer.

»Helma? Guckst du zufällig gerade den Krimi?«

Sie guckte, und da ich zu faul war mich von meinem Bett zu erheben und zu ihr rüberzugehen, ordnete ich an, sie solle den Fernseher ordentlich laut stellen und mir parallel zu den Dialogen erzählen, was auf dem Bildschirm passierte.

Die gestylte Edelwitwe war mittlerweile beim Abwasch, ihr Lover drehte krumme Dinger auf dem Kiez, und während der Inspektor noch darüber nachgrübelte, wieso die Tussi in irgendwelchen WGs Bratkartoffeln machte, lag ich eigentlich ganz zufrieden unter meinem Federbett, den Hörer zwischen Ohr und Schulter eingeklemmt, und nahm mir vor mein Ziel Joscha nie und nimmer aus den Augen zu verlieren.

Hummeln im Po

Montage sind einfach widerlich. Weil man die Augen kaum aufkriegt, weil das Pausenbrot beim Auswickeln garantiert in den Matsch fällt und weil die Lehrer einen liebend gerne drannehmen, wenn man gerade gedöst hat. Okay, das kann natürlich an jedem x-beliebigen Wochentag passieren, im Prinzip schon, aber Montage sind eben prädestiniert für platte Fahrradreifen, Äpfel mit faulen Stellen und menstruierende Lehrerinnen, die ihre schlechte Laune an einem auslassen.

An diesem Montag war es kein bisschen anders. Kaum dass ich saß, meinen Fotoapparat herausgeholt und die Schmierereien auf meinem Pult abfotografiert hatte, schoss die Makkaroni in die Klasse und nahm mir meine Kamera weg.

»He!«, sagte ich.

Sie: »Die wird jetzt beschlagnahmt.«

Und ich: »Das dürfen Sie gar nicht.«

Sie: »Und ob ich das darf!«

Damit war das Thema für sie erledigt, und während sie nach vorne watschelte, um ihr Hinterteil auf ihren Stuhl sacken zu lassen, stand ich auf und ging raus. Ganz gemächlich. Die konnte mich mal, die Makkaroni! Ich war der felsenfesten Ansicht, dass niemand das Recht hatte, mir mein Arbeitsmaterial, das mich eine Stange Geld gekostet hatte und mit dem ich im Übrigen niemanden belästigte, einfach wegzunehmen. Gut – dass ich vor einiger Zeit versucht hatte die Hinteransicht der Makkaroni zu fotografieren, war nicht gerade die feine Art gewesen, und wahrscheinlich sah sie jetzt schon rot, wenn ein Fotoapparat auch nur in hundert Metern Entfernung auftauchte.

Ich ging also raus, lief den Gang auf und ab und überlegte, was ich tun sollte. Ohne meinen Apparat war ich aufgeschmissen, ohne Kamera war ich ein Nichts, unbedeutender als eine ausrangierte Zahnbürste.

Großer heiliger Mist!

Wenigstens wollte ich die Zeit sinnvoll nutzen und ging ins Schulsekretariat.

Ich weiß, es war nicht gerade clever. Ich hätte mir vorher genauestens einen Text zurechtlegen sollen. Und als ich dann vor diesem langbeinigen Storch von Schulsekretärin stand, fiel mir nichts anderes ein als ganz direkt zu sagen, ich bräuchte eine bestimmte Adresse, es gehe um eine Einladung zu einem Gartenfest und ob sie mir vielleicht behilflich sein könne.

Der Storch sah mich an, als wäre ich eine

warzige Kröte auf zwei Beinen, die sie gleich küssen sollte, gab mir dann zu verstehen, das ginge nicht, sie dürfe nicht einfach so Adressen herausgeben und um wen es sich denn überhaupt handle. – Ach, du Schreck! Ich glaube, ich war schneller draußen, als ein Elektron normalerweise durchs Telefonkabel schießt. Der reinste Horror! Wenn Joscha erfuhr, dass ich extra ins Sekretariat gedackelt war, um seine Adresse rauszukriegen! Da konnte ich mich gleich bis zu meinem Lebensende von dieser unserer Erde beamen oder zumindest Mummi und Dad anbetteln, dass wir nach Afrika auswanderten!

Langsam ging ich zurück zum Klassenraum, wunderte mich, dass Helma mir entgegengehetzt kam.

»He!«, schrie sie und rannte mich fast um.

»Ist die Makkaroni geplatzt?«, fragte ich und fand mich ziemlich komisch.

Helma lachte aber nicht, sondern erklärte mir, dass sie schon die halbe Schule nach mir abgegrast hätte, die Makkaroni wolle meinen Apparat nun doch nicht beschlagnahmen, ich dürfe ihn bloß nicht mehr im Unterricht aus der Tasche rausnehmen.

Na bravo! Hatte sich meine Theorie doch bestätigt! Nudeln hassen es, fotografiert zu werden. Und kaum ist man mal eine Minute aus der Klasse, kriegen sie Panik, weil sie ihre

Aufsichtspflicht verletzen. Klar, es könnte mich ja auf dem Weg zum Sekretariat ein siebenköpfiges Ungeheuer verschlingen wollen, nur mal zum Beispiel.

Als wir in die Klasse zurückkamen, gab es Gelächter. Mir egal. Ich tat, als wäre ich die warzige Kröte von vorhin, die einiges an Selbstbewusstsein zugelegt hatte, und setzte mich auf meinen Platz.

Der Fotoapparat lag bereits dick und fett vor mir. Na also! Ich war ja im Grunde ein friedlicher Mensch und wollte keiner Makkaroni dieser Welt auch nur ein Haar krümmen. Also meldete ich mich sogar zwei-, dreimal im Unterricht, was an der Lehrerfront geradezu helles Entzücken auslöste.

Trotzdem war ich froh, als es an diesem Montagmorgen endlich klingelte. Ich schnappte mir Helma und zog sie zu den Mülltonnen, wo sich Joscha normalerweise auch hinbewegte, um seine Paprika zu knabbern. Heute hatten sich dort sämtliche Jungs unserer Klasse versammelt, nur von Joscha keine Spur.

Langsam ging mir die Sache auf den Keks. Als ob er sich absichtlich verdünnisieren würde – und vielleicht hatte er längst bemerkt, dass ich ihm an den Fersen klebte. Darauf brauchte ich erst mal einen Kakao, den ich beim Hausmeister erstand.

Ich stupste Helma an, die gerade ihr Butterbrot anschaute, als hätte sie sich frisch darin verliebt. »Heute Nachmittag rufst du im Sekretariat an und sagst, du bist Nachhilfelehrerin und brauchst Joschas Adresse.«

Helma tippte sich an die Stirn.

»Bitte! Wenn du mir nicht hilfst…«

»Warum rufst du nicht selbst an?«

»Weil die Tante meine Stimme kennt.«

Entnervt erzählte ich ihr die hundsmiserable Sekretariatsgeschichte, woraufhin Helma mir einen zweiten Vogel zeigte. Ich kniff die Augen zusammen und schoss ihn einfach ab.

Auf dem Nachhauseweg machten wir einen Abstecher zu Helma und erklärten Tom, dass wir bei mir essen würden.

»Das könnt ihr auch hier tun«, sagte er. »Ich bin gleich fertig.«

Tom hockte gerade am Computer und schrieb einen Artikel für seine Gartenzeitung.

»Nö.« Helma gab ihrem Dad einen Kuss und zog mich raus. Das fand ich so klasse an Tom und Franz. Sie waren eben nicht die Sorte Eltern, die einen ständig aufhielten und mit überflüssigen Fragen nervten.

Zu Hause räumte ich erst mal unseren mit Geschirr zugepflasterten Küchentisch frei und wusch zwei Teller ab. Wahrscheinlich würde es meine Familie nie mehr hinkriegen, dass man, wie bei anderen Leuten auch, das saubere Geschirr einfach aus dem Schrank holte. Zwar hatten wir die Küchendienste gerecht unter uns dreien aufgeteilt, aber wenn Mummi und Dad von der Arbeit nach Hause kamen, wurde immer einstimmig behauptet, man sei zu kaputt, man könne sich grad noch schnell ein Brot machen oder mit mir essen gehen. Und wie's der Teufel in Absprache mit meinen Eltern so wollte, kam unsere Haushaltshilfe auch nur einmal die Woche. Großer Mist!

Es war geradezu peinlich, unvorbereitet jemand Fremdes mit nach Hause zu bringen! Ich finde es einfach ungerecht, wenn Eltern Kinder in die Welt setzen, damit die bei ihnen als Putzfrau anfangen. Aber so war es bei uns: An mir blieb grundsätzlich der ganze Kram hängen: Pauline, bring doch noch mal schnell den Müll runter! Machst du die Waschmaschine an? Kaffeefilter sind auch nicht mehr im Haus.

Helma fing immer an zu grinsen, wenn sie unsere durch und durch chaotische Küche betrat.

Jedesmal kam dann die Geschichte, wie Tom beim Anblick unseres Küchenfußbodens mal einen mittelschweren Brechreiz gekriegt hatte.

Aber leider – es war eben nicht zu ändern. Ich holte ein paar belegte Minibaguettes aus der Kühltruhe und schob sie zwecks Helma-Köderung in die Mikrowelle. Gleichzeitig drängte ich sie, sich schon mal einen Text für die Schulsekretärin zu überlegen.

»Wieso gehst du eigentlich so sicher davon aus, dass ich's tun werde?«

»Weiß ich doch, dass du's tust.«

»Eines Tages werde ich bei deinen Aktionen nicht mehr mitspielen und dir die Freundschaft kündigen.«

Ich drückte Helma auf einen Küchenstuhl und besorgte ihr eine Cola aus dem Kühlschrank.

»Du musst dich als Physikstudentin ausgeben«, sagte ich. »Und auf jeden Fall deine Stimme verstellen.«

»Und woher soll ich wissen, dass Joscha Physiknachhilfe braucht, wenn ich nicht mal seine Telefonnummer habe?«

»Du hast seine Nummer eben verlegt.«

Ich pfefferte verklebte Bestecke in die Geschirrspülmaschine und fragte mich, ob das wohl gutgehen konnte. Ich wäre an Stelle der Storch-Sekretärin jedenfalls stutzig geworden, hätten gleich zwei Leute am selben Tag irgendwelche Adressen haben wollen.

Als die Mikrowelle piepte, war ich nur noch ein Nervenbündel, was Helma komischerweise dazu veranlasste, auf einmal die

Führung zu übernehmen und lauthals zu verkünden, dass sie die Sache schon in den Griff kriegen werde.

Wir aßen in aller Hektik, dann verfrachtete ich Helma postwendend ans Telefon. Mit meinen verklebten Minibaguettefingern tippte ich hektisch auf den Tasten rum und reichte ihr dann den Hörer.

»Franca Bernstein«, sagte Helma mit tiefer Stimme. Das klang so weit ganz gut. Ziemlich seriös. Geradezu mondän. Absolut weltfrauisch!

Ich hielt meinen Daumen senkrecht in die Luft und hoffte, dass sie das anspornen würde auch ihren weiteren Text in dieser Perfektion abzuspulen.

»Es geht um Joscha Hützl«, sagte sie mit ihrer sonoren Damenstimme. »Ich soll ihm in Physik Nachhilfe geben. Leider habe ich seine Adresse verlegt.«

Großartig! Brillant! Meine Herzklappen flatterten bereits vor Freude, als auf einmal eine kleine Pause eintrat. Ich sah, wie Helma rot anlief und im selben Moment den Hörer aufknallte.

»Bist du wahnsinnig!«, schrie ich sie an.

»Die wollte wissen, von welcher Nachhilfeorganisation ich komme.«

»Na und? Warum hast du dir nicht irgendwas ausgedacht? Mein Gott noch mal!«

»Was hättest du denn auf die Schnelle gesagt?«

»Irgendwas eben.«

Ich war wirklich sauer, auch wenn ich selber nicht den Funken einer Ahnung hatte, wie sich Nachhilfeorganisationen nannten. »Intellektus«? Oder »Help the brain«? »Denkanstöße«? »Doof muss nicht doof bleiben«? Okay, es war unfair, Helma einen Vorwurf daraus zu machen. Wir saßen erst eine Weile und muffelten uns an, kümmerten uns dann gemeinsam um die Küche. Während ich mich abmühte den Dreck von den Tellern zu kratzen, um die Dinger anschließend in die Spülmaschine zu stellen, fegte Helma netterweise aus. – Alles vorbei! Joscha floss gerade samt Essensresten durch den Ausguss.

»Vergiss ihn«, sagte Helma.

»Warum denn?«

»Weil er ein Arsch ist.«

»Und woher willst du das wissen?«

»Jemand, der dich nur mit dem Arsch anguckt, obwohl er jeden Tag mit dir in einem Raum sitzt, ist selbst einer.«

Irgendwie einleuchtend, klar. Aber was, wenn Joscha bloß verklemmt, verschüchtert oder weiß der Himmel was war und einfach nur geknackt werden musste? Diese Variante schien in Helmas Kopf jedoch keinen Platz zu haben.

Als wir gerade fertig waren, klingelte das Telefon. Franz. Er wollte wissen, ob ich den Babysittertermin auch nicht vergessen hätte.

Ach, du Schreck! Natürlich hatte ich diesen kleinen Hosenscheißer vergessen.

»Du hast noch eine halbe Stunde Zeit«, sagte Franz ins Telefon und ich sagte: »Danke«, knallte auf und ärgerte mich, dass dieser Montag so schrecklich grausam zu mir war.

»Ich würd ja mitkommen«, sagte Helma. Sie ging mit mir raus und legte tröstend den Arm um mich. »Aber ich habe Franz und Tom versprochen mit zu Ikea zu fahren.«

Ich nickte, zog mir die Schuhe an, und als wir draußen waren, fiel mir ein, dass ich meinen Fotoapparat liegen gelassen hatte.

Schnell zurück in die Wohnung, es war die absolute Hetze. Zwei Stationen mit dem Bus.

Gerade noch rechtzeitig klingelte ich bei der Martensen. Eine Frau, ungefähr in Mummis Alter, öffnete. Sie hatte eine bemerkenswert rote Nase und ein sympathisches Lächeln, kinnlange blonde Haare. Zu weiten weißen Hosen trug sie einen grünen Eimerpulli, ihre Nägel waren zu einem perfekten Oval gefeilt und schimmerten auch ohne Lack in einem dezenten Rosa. Ich fragte mich, ob ich es hinkriegen könnte, von diesen Nägeln ein paar Nahaufnahmen zu machen.

»Hallo, Pauline! Du bist doch Pauline? Oder Helma?«

»Helma kommt beim nächsten Mal«, sagte ich artig. Fehlte nur noch der Knicks!

»Kasimir erwartet dich schon.«

Kasimir! Wie konnte man ein Kind nur Kasimir nennen! Ich dachte dabei an Clowns mit Knollennasen und viel zu großen Schuhen und fragte mich im Übrigen, wie es ein neun Monate altes Baby intellektuell hinkriegte, auf eine ihm völlig unbekannte Person zu warten.

»Hast du schon mal auf Babys aufgepasst?« Frau Martensens Stimme klang wie mit Lenor weich gespült.

»Ja«, log ich. »Bin sozusagen Weltmeisterin darin. Meine Cousine hat auch ein Baby.«

»Wie alt?«

»Acht Monate.« Ich fand, dass es das Beste war, ihr einen vom Pferd zu erzählen. Wer hat schon große Lust auf Windelvorträge?

»Ist ja wunderbar!« Frau Martensen schwebte vorweg durchs Wohnzimmer, in dem außer einer weißblau gepunkteten Couch, einem Sekretär und einer riesigen Grünpflanze nur gähnende Leere rumstand, und führte mich dann ins Kinderzimmer. Kasimir schlief, eingemummelt in mehrere Mickymaus-Decken, in seinem Bettchen.

Von wegen – er hatte auf mich gewartet!

Was Erwachsene für einen Blödsinn daherredeten!

Natürlich musste ich dann doch noch einen Vortrag über mich ergehen lassen.

Thema: Was war zu tun, falls Kasimir aufwachte, aber wahrscheinlich würde er gar nicht aufwachen, weil er um diese Zeit immer wie ein Murmeltier schlief, und wenn doch... In spätestens einer Stunde sei sie wieder da, trotzdem, hier der vorgekochte Tee in der Thermoskanne, da das Fläschchen, die Windeln dort, die Creme, blabla, und falls ich etwas trinken wolle, könne ich mich ruhig am Kühlschrank bedienen, auch zu essen sei genug vorhanden.

»Haben Sie Gummibärchen?«, fragte ich in einem plötzlichen Anfall von Unverschämtheit.

Sie schüttelte den Kopf und lachte, ich könne mir aber gern von der Schokolade nehmen, die links oben im Küchenschrank liege.

Als die Martensen endlich draußen war, ließ ich mich auf das gepunktete Sofa fallen und stierte die grüne Pflanze an. Keine Ahnung, wie ich auf die Sache mit den Gummibärchen gekommen war. Normalerweise aß ich so was nur im äußersten Notfall oder im Kino, nicht aber, wenn ich mich bei fremden Leuten aufhielt.

Ich zog die Beine bis unters Kinn und merkte, wie etwas wie Angst in mir hochkroch.

Ich hatte nicht die geringste Ahnung, was mit einem Baby zu tun war. Weder war ich ein Genie im Wickeln, noch kannte ich Babytalk oder wusste, wie man diesen kleinen Monstern nach dem Abfüttern ihr Bäuerchen entlockte.

Warum hatte ich mich nur auf diesen Kuhhandel eingelassen! Für ein paar läppische Mark, für die ich mir noch nicht mal einen Fotoapparat kaufen konnte!

Großer heiliger Obermist!

Ich langweilte mich in dieser Bude zu Tode. Klar, dass ich in der Eile auch noch vergessen hatte etwas zu lesen mitzunehmen, und der Fernseher sah baufälliger aus als Mummis altes Trimmrad im Keller.

Eine Stunde lang Grünpflanze anstarren – das konnte ja heiter werden!

Ob ich Helma anrufen sollte? Auf leisen Sohlen tapste ich auf den Flur zum Telefon. Es war eins dieser hässlich-komplizierten Modelle, die einen normalerweise schon im Laden zum Wahnsinn treiben. Trotzdem nahm ich den Hörer ab, stand erst mal ziemlich ratlos da. Welcher Knopf um Himmels willen war der richtige? Okay, ich ließ es drauf ankommen. Das Ding unten links machte einen sympathischen Eindruck. Ich drückte drauf; im selben Moment ertönte ein derart schrilles Piepen, dass ich den Hörer schnell auflegte.

Also, Helma nicht anrufen und hoffen, dass Kasimir nicht zu schreien anfing.

Ich blieb eine Weile im Flur stehen und lauschte – alles still. Dann schlich ich in die Küche, um den Kühlschrank zu inspizieren. Leider war gar nichts Nennenswertes drin. Was hatte die Martensen denn groß rumgetönt? Eine lächerliche Cola, ein Glas Nutella, Butter, ein vor sich hin modernder Camembert auf einer Untertasse und ein welker Salatkopf. Klasse! Könnte bei uns zu Hause nicht besser aussehen.

Allem Ekel zum Trotz nahm ich die Colaflasche raus und goss mir ein Glas ein.

Vielleicht sollte ich meiner Arbeit nachgehen, dachte ich und stapfte auf den Flur, um meinen Fotoapparat zu holen. Zuerst kam der Kühlschrankinhalt dran – der gammelnde Camembert würde sich in Großaufnahme gut machen –, dann knipste ich die angebrochene Schokolade im Küchenschrank, das Telefon… Meine Güte, irgendwie war diese Wohnung alles in allem ziemlich öde.

Und Kasimir? Ich schlich mich in sein Zimmer. Der hatte es gut, schlief tief und fest und sah nicht so aus, als würde er sich in den nächsten zehn Minuten in einen Minigorilla verwandeln. Ob ich es wagen sollte? Egal. Ich zoomte mir das Affenschnäuzchen ran und drückte ab. Der Blitz zuckte durch das Kinderzimmer, im selben Moment fing Kasimir wie ein Wahnsinniger an zu plärren.

Himmel noch mal! Aber warum nicht die Gunst der Stunde nutzen? Ich interessierte mich nämlich für Gesichter in extremen Situationen, für Menschen, die lachten oder weinten oder wütend waren, und auch wenn ich bisher noch keine Babys auf der Rechnung gehabt hatte, so waren sie doch immerhin interessant genug, um fotografiert zu werden.

Klick und blitz und klick und blitz, Kasimir schrie sich seine kleine Seele aus dem Leib, und plötzlich stand die Martensen hinter mir und fragte mich, was ich da eigentlich treibe.

Natürlich war das ein ziemlicher Schock für mich und mir fiel nichts Besseres ein als zu sagen, ich wolle Kasimir nur ablenken.

Gleichzeitig wurde ich knallrot und hätte mich am liebsten in Nacht und Nebel aufgelöst.

»Seltsame Methoden.« Frau Martensen hob Kasimir aus seinem Bettchen und schaukelte ihn sanft hin und her. Augenblicklich wurde er still.

»Kann es sein, dass du doch keine Weltmeisterin im Babysitten bist?«, fragte sie. Erstaunlicherweise kam dies kein bisschen grantig aus ihr raus. Ich an ihrer Stelle hätte mit Sicherheit Kleinholz aus mir gemacht. Okay, ich streckte die Waffen, ich nickte kleinlaut, kitzelte Kasimir ein bisschen im Nacken. Seine Haut war tausendmal weicher als die Innenseite meiner Schenkel, was dazu führte, dass mir ein kleiner Glücksseufzer herausrutschte. Kasimir drehte daraufhin sein Köpfchen und lachte mich fast zahnlos an – war doch verdammt süß, das kleine Monster.

»Vielleicht sollten wir uns mal einen Nachmittag hinsetzen und ich erkläre dir alles.«

»Gerne.« Und dann sagte ich noch: »Danke«, weil ich fand, dass die Martensen doch recht nett war. Ehrlich – ich hätte nach der Szene mit einem glatten Rausschmiss gerechnet.

Wir verabredeten uns für den kommenden Nachmittag um vier Uhr. Ich könne Helma doch gleich mitbringen, meinte sie, Kasimir solle uns beide ein bisschen kennen lernen. Dann verließ ich um zehn Mark reicher die Wohnung.

Unterwegs kaufte ich einen ganzen Berg Paprika in allen möglichen Farben ein. Wahrscheinlich war ich kurz vorm Durchdrehen: Ein Kilo Paprika für eine, die vorhat, als hundertprozentige Nicht-so-gerne-Gemüse-Esserin in die Geschichte einzugehen – ist doch idiotisch. Aber erstens machten sie sich hervorragend als Motiv für eine Fotoserie mit dem Titel ›Stillleben. Versuch über Paprika‹, zweitens erhoffte ich mir neue Joscha-Erkenntnisse, wenn ich mich überwand und sie hinterher aufaß. Ich rannte also nach Hause in die blitzblanke Küche – Mummi und Dad waren immer noch nicht da –, putzte die Schoten, schnippelte sie in kleine Stücke und hatte nach ungefähr zwanzig Minuten einen riesig-bunten Paprikawürfelberg vor mir. Den knipste ich. Dann vermischte ich die Farben, fotografierte wieder. Ein letztes Foto von den Abfällen in Großaufnahme.

Jetzt kommt's: Ich schob eine von Dads Jimi-Hendrix-CDs rein, volle Lautstärke, und fing mit geschlossenen Augen an zu essen. So musste es also sein, wenn man Joscha war und das Pech hatte, ein Sitzenbleiber zu sein. Vielleicht ließen Paprika einen verblöden?

Nein, Paprika machten nicht dumm und Joscha war es garantiert auch nicht, selbst wenn er den Großteil des Unterrichts einfach nur aus dem Fenster starrte. Einmal hatte er nämlich in Deutsch quasi aus Versehen einen derart abgehobenen Beitrag losgelassen, dass mir die Ohren schlackerten. So eben mal die Theorie der drei Einheiten im griechischen Drama aus dem Ärmel geschüttelt. Unsere

Deutschlehrerin, die Kaffeekanne, guckte und auch Helma hatte Joscha ungläubig angestarrt. Danach war er verstummt, in einen tiefen Winterschlaf gefallen, aus dem er bis heute nicht mehr aufgewacht ist.

Ich stopfte mir ein wenig roten Paprika in den Mund, ein bisschen grünen, die gelben Stückchen schmeckten süßlich… Eigentlich hasste ich Paprika – warum tat ich mir das an? Liebe stellte einem einfach das Gehirn auf den Kopf – das hatte ich schon mehrfach bei meinen Mitschülerinnen feststellen dürfen. Gott sei Dank erlöste mich Mummi, die mit einem bedrohlichen Kleiderhaufen unter dem Arm ankam und mich ansah, als hätte ich mich gerade in ein Gemüsebeet verwandelt.

»Bist du schwanger?«, fragte sie und wollte sich halb totlachen.

Ich fand das weniger komisch. »Ich muss mit dir reden«, sagte ich wichtigtuerisch und schaufelte gleichzeitig die Paprikareste in eine Plastikschüssel.

»Ja?« Mummi pflückte ihren Kleiderhaufen auseinander. »Wie wär's mit dem?« Sie hielt ein orangefarbenes Häkelmonsterteil hoch, das mich fast dazu brachte, meinen Mageninhalt in der Toilette zu entsorgen.

»Mummi!«, brüllte ich. »Die Küche ist dermaßen chaotisch, dass die Väter meiner

Freundinnen Brechanfälle kriegen, und euch scheint das kein Stück zu interessieren. Und im Übrigen bin ich nicht eure Putzfrau!«

Meine Mutter setzte sich hin und schaute mich wie vor den Kopf geschlagen an. Wahrscheinlich hatte sie gerade begriffen, dass ich kein Gemüsebeet war, sondern ein Orang-Utan, der es gleich zertrampeln würde. Ich wartete auf ein paar Ausreden, von wegen, ich solle froh sein, dass sie nicht putzwütig sei und jeden Krümel, den ich auf dem Küchenboden hinterließ, reklamiere, aber sie sagte nur: »Okay, ich lass mir was einfallen«, und verschonte mich mit ihren Klamotten.

Als ich später im Labor stand und gerade am Entwickeln meiner Kasimir- und Paprikafotos war, kam Mummi rein und verkündete, dass unsere Haushaltshilfe ab sofort verstärkt eingesetzt werde. Sehr aufmerksam, dass man mich als Putzkraft entlasten wollte. Zur Feier des Tages durfte ich auch noch das Restaurant aussuchen, wo wir zu Abend essen würden. Ach, du meine Herrschaften! Ihr schlechtes Gewissen stank ja regelrecht zum Himmel! Normalerweise schleppten sie mich automatisch in einen von Dads Nobelschuppen, wo veralgte Fischbröckchen auf riesigen Designertellern in einem Häufchen Kaviarschaumsoße vor sich hin dümpelten, wobei ihnen nur ein mickriges Stück Karotte nebst einem Blättchen Petersilie Gesellschaft leisteten. Ich saß dann immer da und pickte verzweifelt in dem Sorbetfrikasseeragout von karamelisierter Kaninchenschnecke an Tomatengelee herum und wünschte mir einen deftigen Burger mit viel Ketchup in den Magen.

»Pizza! Pizza!«, rief ich und geriet bei der Vorstellung eines Gerichtes, das den Teller in seinem ganzen Durchmesser bedeckte, regelrecht aus dem Häuschen. Also gingen wir in die Pizzeria um die Ecke. Wir setzten uns an einen Tisch gleich beim Eingang und ich bestellte mir eine Spezialpizza, die größer als ein Autoreifen war und dicker belegt als ein Big Mac. Mummi und Dad nahmen eine mit Meeresfrüchten. Logisch, dass sie wieder mal das Besondere rauspickten.

Alles in allem war es heute in unserer Kleinfamilienkonstellation nett und gemütlich.

Dad erzählte von der Beschaffenheit des Gesteins auf dem Mond, was Helma mit Sicherheit entzückt hätte, und ich fand es auch ganz spannend und stellte mir vor, dass man vielleicht eines Tages mit einem Superspar-Raketentransfer zum Mond fliegen würde, sozusagen als Butterfahrt. Wahrscheinlich konnte man dort billiges Heilgestein einkaufen. Oder biologisch-dynamische Paprika.

Oder Joschas, die freiwillig mit ihrer Telefonnummer rausrückten und einem gleich aus der Hand fraßen…

Dad erzählte jedenfalls pausenlos, pickte die Shrimps von seiner Pizza und trank Frascati, den er sich in einem Kühler hatte kommen lassen, und ich war gerade dabei, mir ein extra dickes Stück Salami von der Pizza zu angeln, als es passierte: Joscha kam rein. Mit ein paar Typen und Mädchen aus der Neunten.

Auf der Stelle erstarrte ich zu einer Weinbergschnecke, die Dad sicher liebend gern zwischen seinen Zähnen hindurch in seinen Magen hätte wandern lassen. Ich dachte, ich müsste tausend Tode sterben! Wenn mir in diesem Moment bloß niemand ansah, wie mein Gehirn in den Magen plumpste und dort unten Karussell fuhr! Wie mir die Hummeln im Po herumtanzten! Aber Mummi und Dad hatten einen Bund fürs Leben mit den Krabbeltieren auf ihrer Pizza geschlossen und interessierten sich nicht die Bohne für mein seelisches Befinden. Großer heiliger Schreck!

Was hatte der Kerl eigentlich mit seiner Ex-Schulklasse zu schaffen? Aha! Wahrscheinlich waren die reifer, nicht so pubertierende Kids, die Jungs hinterherjagten und Kleinkinder mit Fotoblitzen ärgerten. Und überhaupt die Mädchen! Wahrscheinlich rauchten sie und trugen Miniröcke und bestimmt hatten sie es gar nicht mehr nötig, Kondomkurse zu belegen.

Irgendwie war ich diesmal ganz froh, dass Joscha mich – selbst wenn er mich gesehen hätte – nicht grüßte. Es gab nämlich nichts Furchtbareres als Eltern, die einen nach Jungs ausquetschten, mit denen sowieso nie im Leben was laufen würde.

Wenigstens war ich so platziert, dass ich die Gruppe zwar gut im Blick hatte, Joscha aber nicht permanent in die Augen sehen musste. Er saß im Profil, links neben ihm ein Typ mit einer Gurkennase, rechts von ihm ein hübsches Mädchen mit kurzen dunklen Locken.

Wenn sie es war! Der Deckel zum Topf, die Schaumhaube auf dem Cappuccino, die Bürste zum Klo!

Dad stieß mich in die Seite, wollte wissen, ob ich etwa schon satt sei.

»Herrje, ich mach nur eine Pause!«, sagte ich ungerechterweise nicht gerade freundlich und begann wieder an meinem Pizzateil herumzusäbeln. Irgendwie hatte ich auf einmal keinen Appetit mehr. Ich sah nur ihn. Wie er seine Nase in die Karte steckte. Wie er sich durch seine Teddybärenfrisur strich. Wie er Löcher in die Luft starrte.

Es war schon seltsam, aber Joscha saß tatsächlich nur da und sagte kein Wort. Wie in der Schule. Die Dunkelhaarige neben ihm hatte ihm halb den Rücken zugekehrt und redete mit Händen und Füßen auf ihren Tischnachbarn ein – völlig ausgeschlossen, dass sie die Klobürste war. Ein kleiner Hoffnungsschimmer am spitzengardinenbehangenen Pizzeriahorizont!

Jedenfalls brachten Mummi und Dad keine richtige Unterhaltung mehr mit mir zu Stande. Sie machten noch ein paar Anläufe, fragten, ob sie in der Dunkelkammer eine alte Kommode unterstellen könnten, wollten Neues aus der Schule wissen (zu diesem Thema fielen mir sowieso nur Joscha und die Anekdote im Sekretariat ein), und als ich auch keine Einzelheiten von meinem ersten Tag als Babysitterin zum Besten gab, warfen sie die Flinte ins Korn und widmeten sich ausführlich dem Rest ihrer Weinflasche. Ich stellte derweil meine Ohren auf Superlauschangriff. Leider umsonst. Außer breiigem Gebrabbel war absolut nichts zu verstehen. Meine paar Hummeln im Po vermehrten sich in Windeseile und krabbelten bis in die Beine. Am liebsten wäre ich aufgesprungen, an Joschas Tisch gerannt, einmal drum herum, hätte gelacht und getobt, ihm den Bärenfellkopf geküsst, und dann wären wir Hand in Hand rausgelaufen.

Stattdessen saß ich angekettet vor einem

kalten Rest Pizza und musste mir Mummi und Dad angucken, die sich angeregt über die Toilettenkultur in Italien unterhielten und offensichtlich nicht vorhatten den Laden in absehbarer Zeit zu verlassen.

Es wurde neun, halb zehn. Ich ruckelte auf meinem Stuhl hin und her, konnte es kaum noch ertragen, so untätig herumzusitzen. Dann stand plötzlich der Kellner am Nebentisch, man zahlte, einer der Jungs rannte direkt an uns vorbei.

»Joscha? Welche Bushaltestelle?«, grölte er.

»Adamsstraße«, kam die prompte Antwort und: »Bier steht aber nicht kalt.«

Okay, da kam ich doch der ganzen Sache schon etwas näher. Mein Herz flatterte. Der erste Satz, den Joscha heute Abend in voller Länge von sich gegeben hatte! Offensichtlich ging man noch zu meinem Angebeteten, der ebenso offensichtlich irgendwo rund um die Adamsstraße wohnte. Heiliger Bimbam!

Hätte ich doch nur aufspringen und einem der Typen nachrennen können!

Ging aber nicht. Mummi und Dad passten in den entscheidenden Momenten des Lebens wie die Schießhunde auf mich auf. Trotzdem hatte der Abend etwas gebracht und das tollste aller tollen Dinge setzte dem Ganzen noch die Krone auf. Als Joscha rausging, passierte es nämlich, dass sich unsere Blicke für den Bruchteil einer Sekunde verfingen.

»Hallo!«, sagte er und seine Stimme klang wie ein Regenschauer, der im Sommer unvermutet vom Himmel fällt.

Die Hummeln flogen aus meinem Po und kreisten wie irre um meinen Kopf.

Grillwürstchen

Ich konnte mich nicht erinnern, Helma schon mal so aufgelöst gesehen zu haben. Sie stand bei den Fahrradständern und hatte eine Ladung roter Flecken im Gesicht, die bis in ihren Halsausschnitt hinunterwanderten.

»He!«, sagte ich und wartete auf eine Erklärung.

Die kam erst mal nicht. Stattdessen fing sie an zu heulen und wütend mit dem Fuß aufzustampfen und ich fragte mich allen Ernstes, ob ihr vielleicht eine heimliche Liebe durch die Lappen gegangen sei.

Erste Stunde schwänzen? Helma war einverstanden. Wir nahmen die Abkürzung durch das Gestrüpp an der Turnhalle vorbei. Es wäre doch etwas peinlich gewesen, wenn wir bei unserem Rückzug dem einen oder anderen Lehrer in die Arme gelaufen wären.

Da um diese Uhrzeit sämtliche Cafés in unserem Kaff noch geschlossen waren, mussten wir auf die Imbissstube beim Bahnhof zurückgreifen. Nicht gerade stilvoll, aber irgendwie hatte es uns immer gefallen, im Dunst von Bratenfett unseren Kaffee zu schlürfen.

Gähnende Leere. Ich holte uns zwei Pappbecher mit Kaffee, während Helma sich am Tresen auf einem der Hocker niederließ.

»Hier«, sagte sie und hielt mir einen Zettel hin.

»Helma und ihre Schwulensäue«, stand in krakeliger Schrift drauf.

Ich muss zugeben, ich war echt erschüttert und wusste nicht, was ich dazu sagen sollte.

»Der klebte heute Morgen an meinem Fahrrad.«

»Irgendeinen Verdacht?«

Helma schüttelte den Kopf.

»Schweine«, sagte ich.

Und sie: »Nützt mir auch nichts.«

Und ich: »Ich will dir doch nur helfen.«

Danach schwiegen wir uns an und tranken unseren Kaffee, der plötzlich nach Abwaschwasser schmeckte. Ich fragte mich, warum es Helma so viel ausmachte, was irgendwelche Idioten von sich gaben. So einen Zettel zerriss man einfach und warf ihn in den nächsten Papierkorb.

»Hast du etwa selber ein Problem mit deinen Daddys?«, fragte ich, als Helma immer noch beharrlich schwieg.

»Quatsch!« Das klang, als hätte man ein Schnitzel in eine Pfanne mit blubbernd heißem Fett geklatscht.

Irgendwie tat sie mir Leid. Wahrscheinlich

war es leicht, so daherzureden, wenn man eine Mutter und einen Vater hatte, eben ganz das Übliche, und sich niemand anmaßte blöde Kommentare abzugeben.

»Hör mal!« Ich schob ihr meine Hand hin und streichelte ihre Finger, die ganz bleich aussahen. »Ist doch völlig egal, was die anderen denken. Ich finde Tom und Franz allererste Klasse!«

Für den Bruchteil einer Sekunde lächelte Helma, sie nickte und kippte sich den Rest ihres Kaffees rein. Wenn sie nicht weiter drüber reden wollte – sollte mir recht sein.

Trotzdem machte ich mir meine Gedanken. Warum Helma zum Beispiel ihre Mutter nie mit einem Sterbenswörtchen erwähnte. Dass sie in irgendeiner süddeutschen Kleinstadt lebte, wusste ich, mehr aber auch nicht. Keine Ahnung, seit wann Helma mit Tom und Franz zusammenwohnte und warum sich ihre Mutter nie blicken ließ. Okay, einmal im Jahr kam zu Helmas Geburtstag ein Päckchen, in dem eigentlich immer der gleiche Zauberponybarbiepuppenschrott drin war, der jedes Jahr postwendend im nächstbesten Mülleimer landete. Immer wenn ich Helma danach fragte, machte sie dicht, wechselte sofort das Thema. Offensichtlich wollte sie absolut nicht, dass ich in ihrer Vergangenheit herumwühlte.

Natürlich passierte es wie das Amen in der Kirche, dass wir der Kaffeekanne, die wir in der Ersten gehabt hätten, in die Arme liefen.

»Und wo wart ihr heute Morgen?«, fragte sie, schleimig grinsend.

Ohne mit der Wimper zu zucken erzählte ich die haarsträubende Geschichte, dass wir bereits unterwegs gewesen seien, als Helma wie aus heiterem Himmel ihre Regel bekommen habe – Sie wissen schon, Frau Anders, das kann unangenehm werden, besonders wenn man eine weiße Hose anhat, und keine von uns hatte was dabei und da habe ich Helma meine Jacke leihen müssen, damit sie sich die um die Hüften wickeln konnte, und dann…

»Soso«, meinte die Anders nur und guckte eine Spur strenger, während Helma knallrot wurde. Und dann: »Ihr könnt euch freuen, dass ich fantasievolle Menschen zu schätzen weiß.«

Das sagte sie einfach so, klemmte ihre dunkelbraune Aktentasche unter den Arm und rauschte an uns vorbei Richtung Lehrerzimmer.

Ich wusste, dass Helma eher nervenschwach war, aber dass sie mir gleich eine Szene lieferte, die fast in Tränensturzbächen endete, fand ich doch etwas übertrieben. Ich hätte sie gnadenlos bloßgestellt, meinte sie.

Woraufhin ich sagte, sie habe mir den Kram doch schließlich eingebrockt. Da schrie Helma mich regelrecht an und wollte wissen, warum ich mich denn nicht selbst als diejenige mit der Sturzblutung ausgegeben hätte. Gute Frage. Vielleicht hatte Helma Recht und ich war manchmal auf Kosten anderer ein bisschen zu vorlaut.

Nach der Vierten hielt ich die Schule nicht mehr aus und machte einfach blau. Ich erzählte Helma was von Hummeln im Hintern, die in den Kopf geflogen seien, und sie solle mich für die letzte Stunde entschuldigen. In der Hoffnung, dass Mummi mir morgen früh eine Entschuldigung schreiben würde (Kopfschmerzen! Bauchschmerzen!), schulterte ich meinen Rucksack und dampfte ab in Richtung Bushaltestelle. Natürlich konnte das nur auf eins hinauslaufen: Ich fuhr schnurstracks zur Adamsstraße, wo ich hinter einem Auto Stellung bezog. Wie raffiniert ich das wieder eingefädelt hatte! War eine Stunde eher abgehauen, so dass ich Joscha mit fünfundneunzigprozentiger Sicherheit nach der Fünften abpassen würde. Wenn er aus dem Bus stieg – und er nahm meistens den Bus –, brauchte ich ihm bloß das kurze Stück bis nach Hause zu folgen… Trotzdem – es ist furchtbar öde, hinter einem Auto zu hocken, ununterbrochen um das Ding herumzulinsen und die Gehirnzellen in ständigem Bereitschaftsdienst zu halten. Es ist verwurmt öde!

Joscha ließ sich nämlich einen ganzen Batzen Zeit, bis er die Güte hatte aufzutauchen. Während mir in der Zwischenzeit zweimal die Beine und fünfmal das Hinterteil eingeschlafen waren, ganz abgesehen davon, dass ich einen verrenkten Hals hatte, musste Joscha unterwegs mindestens acht Colas eingeworfen und zwanzig Mädchen angebaggert haben. Dann stieg er endlich aus dem Bus – der Göttliche!

Er hatte seinen Rucksack über die Schulter geworfen und schlurfte x-beinig über den Zebrastreifen. Jetzt kam mein Einsatz! Schnell setzte ich Mummis alte Sonnenbrille auf – meine Haare hatte ich unter einer Baseballkappe versteckt – und düste ihm nach. Leider war ich derart schnell hochgekommen, dass mir schwindlig wurde wie in einer Looping-Bahn. Bloß nicht zusammenklappen! Die Ampel sprang auf Rot. Ich rannte schnell noch über die Straße, ging hinter dem nächsten Baum in Deckung. Das Leben meinte es gut mit mir.

Joscha war heute nämlich ein lahmer Trottel, der überhaupt keine Lust hatte, sich nach irgendwelchen hysterischen Klassenkameradinnen umzudrehen, und außerdem wohnte er gleich im ersten Einfamilienhaus an der Straße.

Peng, war er drinnen verschwunden, während ich noch etwas benommen draußen herumstand und überlegte, was zu tun war. Immerhin hatte ich nun erreicht, was mir seit Tagen als das Wichtigste überhaupt erschienen war. Aber was fing ich jetzt mit meinem Wissen an? Klingeln und ihm in die Arme fallen? Einen Kuchen backen und ihm den per Post mit Liebesgrüßen von der weltbesten Fotografin zukommen lassen? Oder gleich bei seiner Mutti um seine Hand anhalten? Ich sah schon, das ging den Bach runter… Na gut, dann würde ich eben erst mal das Haus inspizieren und ein paar Fotos schießen. Nach ersten Aufnahmen aus sicherer Entfernung öffnete ich vorsichtig die Pforte und schlich über den Kiesweg zum Eingang. Zwar hämmerte mein Herz, als hätte man mir aus Versehen einen Herzschrittmacher zu viel eingesetzt, aber wenn ich jetzt nicht weitermachte, sondern nach Hause zu Mummis Rockzipfel rannte, war ich einfach zu blöd.

Einmal ums Haus herum, ich duckte mich, linste vorsichtig ins erste Fenster. Die Küche. Niemand war drin, alles penibel aufgeräumt. Nur ein Glas mit Milchrand stand einsam auf dem Küchentisch herum. Ich schoss schnell ein Foto und schlich zum nächsten Fenster. Blöde Gardinen versperrten mir die Sicht, wahrscheinlich handelte es sich um das Schlafzimmer der Joscha-Eltern. Ich zog rasch den Kopf ein, wer weiß, ob nicht jemand drin saß, der im selben Moment rausschaute – schnell um die Ecke.

Jetzt war ich an der Rückfront des Hauses, zirka einen halben Meter von einer riesigen Terrasse mit angrenzendem Rasen entfernt. Klar, es war riskant, über die Terrasse zu laufen. Wenn Joscha nun im Wohnzimmer hockte und Fernsehen guckte oder seine Mutti gerade auf dem Boden herumkroch und Wollmäuse einsammelte, dann war ich verloren. Trotzdem – ich musste das Risiko eingehen. Wie ein Pfeil schoss ich über die Terrasse, presste mich dann an die Hauswand. Nichts passierte. Ich ging auf alle viere und kroch ein paar Zentimeter vorwärts, so dass ich durch die Glastür spähen konnte.

Himmelgroßer Schreck! So eine verspießerte Einrichtung hatte ich in meinem ganzen Leben nicht gesehen! Vor einer wuchtigen Schrankwand prangten ebenso wuchtige und wild gemusterte Sessel, überall im Zimmer standen Keramikkatzen herum, Porzellandelphine und lebensgroße Hunde. Schnell nahm ich meinen Fotoapparat und drückte ab. Das durfte ich der Nachwelt nicht vorenthalten, das musste die weltbeste Fotografin einfach verewigen! Ich war von meiner Entdeckung derart begeistert, dass ich fast vergaß, weshalb ich hier war.

Meine zwei Herzschrittmacher meldeten sich wieder zu Wort, als ich die letzte Hausfront anvisierte und mir gleichzeitig in den Sinn kam, dass Joscha sich doch irgendwo in diesem vertrottelten Haus aufhalten musste. Nächste Station war das Klofenster – zum Kuckuck mit diesen Milchglasscheiben! Obwohl es auch nicht das Erhebendste aller Dinge ist, wenn man seinen Angebeteten auf dem Klo überrascht.

Jetzt blieb nur noch ein Fenster. Sein Fenster? Ich verfluchte meine Herzoperateure, ging auf die Knie und krabbelte unter das Fensterbrett. Dann hangelte ich mich im Zeitlupentempo hoch, spähte nach drinnen.

Mannomann! Es war sein Zimmer! Und dieser Teddybärenverschnitt von Joscha saß mit mir zugekehrtem Rücken am Schreibtisch und schrieb. Wie langweilig! Wie oberstreberlangweilig!

Ich musste mich kurz setzen und den Fall durchdenken. Sollte ich es wagen, seinen Rücken plus Zimmerdeko zu knipsen? Andererseits war das, was ich gesehen hatte, einschläfernder als Mummis und Dads

Edelfutter. Ein spartanisches Bett an der rechten Wandseite, ein Schrank, ein Schreibtisch – aus!

Okay, ich hatte auf die Schnelle nicht alles vor die Linse gekriegt, aber ich konnte mich nicht erinnern, ein vergleichbar tristes Zimmer bei Helma oder irgendwem aus meiner Klasse gesehen zu haben. Trotzdem, wenn ich schon mal hier war… Meine Herzschrittmacher ließen mich inzwischen auch wieder in Ruhe, ich war voll und ganz die Superprofifrau der Nation. Also fingerte ich die Kamera aus meinem Rucksack, klick und an, ich ging in Fotografierposition.

Da passierte es!

Während ich noch versuchte mit der freien Hand einen lästigen Käfer von meinem Oberschenkel zu entfernen, gellte auf einmal eine Stimme durch den Garten. »He, Sie da! Fräulein!«

Verflixter Oberschreck!

Ich flitzte wie der Blitz davon, einmal quer durch den Garten und über die Pforte, ich rannte und rannte und machte erst Halt, als ich im Einkaufszentrum Adamsstraße war und in die Masse flanierender Menschen abtauchen konnte.

War mir elend zu Mute! Vollprofi – von wegen! Garantiert hatte sich Joscha bei dem Gebrüll der Nachbarin umgedreht, aus dem

Fenster geguckt und mich davonhetzen sehen.

Shit! Meine Jeansjacke mit dem Kamerasticker war doch auf tausend Kilometer zu erkennen; ich war die Einzige an unserer Schule, die mit so einem Ding herumlief!

Beim nächsten Eisstand genehmigte ich mir erst mal drei Kugeln. Ich ließ mich auf eine Bank unter einem Baum plumpsen und schaute in den grün beblätterten Himmel. Es war nun mal Tatsache, dass ich sozusagen in flagranti erwischt worden war, und für den Fall, dass Joscha mich irgendwann darauf ansprechen würde, musste ich eine Antwort parat haben. Okay – dann war ich eben Fotografin, die sich auf Tapetenmuster in Einfamilienhäusern spezialisiert hat. Oder ein Detektivbüro hatte mich beauftragt einen gefährlichen Juwelendieb ausfindig zu machen, der vermutlich in der Adamsstraße Unterschlupf gefunden hatte. Oder ich war auf Motivsuche für einen Film, der in einer spießigen norddeutschen Kleinstadt spielen sollte.

Alles Blödsinn! Joscha war schließlich nicht auf den Kopf gefallen. Er würde mir wahrscheinlich schon an meinem Blick ansehen, was Sache war.

Als ich nach Hause kam, hockte Helma auf meinem Schreibtisch, ließ die Beine baumeln und kaute schmatzend einen Kaugummi.

»Du alte Schleimschnecke!«, sagte sie. »Seit zehn Minuten sind wir bei Frau Martensen verabredet, falls du dich erinnerst.«

»Nee, echt? Jetzt?« Ich setzte mich zu ihr auf den Schreibtisch und schaute meine dreckverkrusteten Schuhe an.

»Ganz echt. Ich hab ihr gesagt, dass wir erst gegen fünf kommen können.«

»Danke.« Während ich einzelne Dreckbrocken aus den Profilsohlen kratzte und im Papierkorb entsorgte, berichtete ich Helma von der Blamage.

»Meine Güte! Du hast Nerven! Wie peinlich, wenn er dich erwischt hätte!«

»Hat er aber nicht.«

»Muss Liebe schön sein!«

Klar, dass Helma diesen Spruch immer wieder anbrachte. Sie, die es in ganzen vierzehn Jahren gerade mal hingekriegt hatte, sich in ein lächerliches Fernglas zu verlieben.

Danach war Schweigen angesagt, den ganzen Weg bis zur Hosenscheißerwohnung. Entweder lag es noch an heute Morgen – oder ganz allgemein an meinem Joscha-Wahn. Kann sein, dass ihr das auf die Nerven ging. Obwohl ich gar keine großen Worte über ihn verlor. Manchmal knallte ich Helma ein paar flapsige Sätze an den Kopf, das war alles. Richtig über ihn reden wollte ich nicht. Nur ein einziges Mal hatte ich den Versuch unternommen und ihr erklärt, was ich so toll an Joscha fand. Dass er etwas Geheimnisvolles, Unerklärliches an sich hatte wie kein anderer in unserer Klasse. Dass er, seinen Augen nach zu urteilen, garantiert intelligent war, und wenn sie das alles nicht glauben wollte, dann blieb einfach die Tatsache, dass er als süßer Knuddelbär durch die Gegend lief.

Helma hatte daraufhin schief gegrinst und gemeint, ich sei ja ziemlich oberflächlich, wenn ich die Menschen nur nach Äußerlichkeiten beurteile. Klar, in gewisser Weise hatte sie Recht, aber ich fragte mich, was besser war: Jemand Unbekanntes in der Hoffnung anzuhimmeln, dass man ihn eines Tages kennen lernen könnte oder niemanden anzuhimmeln, weil es sowieso niemanden gab, in den man so weit reingucken konnte, dass man das Recht hatte, ihn anzuhimmeln. Außerdem stimmte es noch nicht mal, dass ich von Joscha nur die äußere Hülle kannte. Schließlich hatte ich ihn lange genug beobachtet, jeden Tag in der Klasse, auf dem Schulhof – er war kein Draufgänger und er respektierte Mädchen, auch wenn er ganz gern für sich allein war.

Also, Frau Martensen. Sie öffnete mit Kasimir auf dem Arm und lachte uns so freundlich entgegen, als wäre ich niemals auf die Idee gekommen, ihren Sonnenschein mit einem gemeinen Blitzlichtgewitter zu erschrecken. Helma gab ihr brav die Hand und nach ein paar Pingpongsätzen wie »Na, geht's gut?«, »Danke, und Ihnen?«, »Auch gut« führte uns Frau Martensen in die Küche, wo sie Kasimir auf dem Fußboden absetzte und drei fertige Milchshakes aus dem Kühlschrank holte. Mensch, die Frau hatte Stil!

Dann wurden die Babysitterformalitäten abgehandelt. Niemals hätte ich vermutet, dass der Kram so kompliziert war! Breichen aufwärmen, füttern, Bäuerchen, Popo sauber machen, Popo mit Puder bestäuben, Popo plus Vorderteil in die Pampers, ins Bettchen legen, wieder hochnehmen... Herrjemine, wieso schrieb Helma nicht eine zukunftsträchtige Abhandlung über Babypflege, anstatt sich um die Erforschung des Weltraums zu kümmern!

Das Ganze hatte einen positiven Nebeneffekt. Und zwar fand ich Kasimir, nachdem er mir einmal ins Gesicht gegrinst hatte, zum Fressen süß, was Helma nur bestätigen konnte und uns beiden einen zweiten Milchshake einbrachte.

Überhaupt hielt ich die Martensen nicht nur wegen ihrer eins a Milchshakes für cool. Sie hatte so eine Art, die Dinge in die Hand zu nehmen und nicht bei jedem Pups zimperlich wie Mummi rumzuhühnern.

Ein Beispiel: Während wir rumsaßen und unsere Milchshakes schlürften, ging das Telefon und nach einem kurzen Gespräch erklärte uns Frau Martensen ohne große Entschuldigungen, sie werde mal eben für zwanzig Minuten woanders gebraucht. Kurzerhand drückte sie das Babymonster auf Helmas Schoß und verschwand.

Helma machte sich gut mit Kasimir auf dem Schoß, ehrlich. Zwischen »eideidei« und »lelele« brachte sie alle erdenklichen Lautkombinationen zu Stande, was Kasimir unglaublich komisch fand. So verging Minute um Minute und erst als sich das Monsterchen vor fast zahnlosem Gegrinse nicht mehr einkriegte, kam die Martensen zurück und rückte mit ihren Kasimir-Beruhigungstricks heraus. Das heißt, zunächst stellte sie uns Cola und Erdnussflips hin, die wir angesichts des Schwierigkeitsgrades des Themas auch nötig hatten. An erster Stelle der Manöverliste stand der »Setz-den-Jungen-vor-den-Fernseher-Trick« (Kasimir liebte vor allem die Werbung und das »Glücksrad«, ersatzweise konnte man auch die laufende Waschmaschine nehmen), danach kam der Fotoalbentrick (»Lasst ihn das abgewetzte Lederalbum aus meiner Kindheit ruhig noch weiter zerfleddern und er wird vor Vergnügen glucksen«), und wenn alle Mittel versagten, konnte man auch die Küchenmaschine anstellen, deren kreischende Lautstärke bei Kasimir angeblich postwendend Glücksgefühle auslöste.

Helma fand ihren neuen Job affenmäßig stark und fragte, ob wir hin und wieder nicht auch gemeinsam babysitten könnten. Das würde unsere Fertigkeiten im Bereich Erziehung sozusagen verdoppeln, was Frau Martensen durchaus einleuchtete. Sie schlug vor uns an solchen Doppelerziehungstagen zusammen sechzehn Mark pro Stunde zu zahlen. Geht in Ordnung, sagten wir, gemeinsam sind wir stark, und Frau Martensen stand wieder auf, um uns zum krönenden Abschluss eine Eisschokolade zu machen.

»Findest du's okay?«, flüsterte Helma mir zu.

»Klar«, flüsterte ich zurück – ich war heilfroh, dass sie wenigstens ihre Zickereien von heute Morgen eingestellt hatte.

Auch wenn wir im Doppelpack weniger verdienen würden – zu zweit machte das Babysitten bestimmt viel mehr Spaß.

Als die Martensen uns schließlich die Gläser reichte, war ich auf dem Höhepunkt meiner guten Laune und fragte, wo denn eigentlich ihr Mann sei. Ihr Gesicht zerfiel von einer Sekunde zur nächsten zu einem Haufen grauer Wollmäuse. Sehr merkwürdig. Ich war gespannt, was sie jetzt antworten würde, und sah Helma von der Seite an, die ziemlich unbeteiligt in der Gegend rumguckte.

»Wir haben uns nach Kasimirs Geburt getrennt.« Frau Martensens Stimme klang belegt. Wahrscheinlich hatten wir ihren wunden Punkt getroffen; logisch, dass sie nicht mit uns darüber reden wollte.

Los, sag schon, dass es dir Leid tut, so was gefragt zu haben, dachte ich, aber ich schwieg beharrlich und saugte mit dem Strohhalm auf dem Boden meines Glases herum, als gäbe es nichts Wichtigeres auf der Welt. War mir das unangenehm! Ich brachte kein einziges Wort raus und auch Helma saß wie ein blödes Huhn da und kriegte die Zähne nicht auseinander. Also hatte Mummi wieder mal Recht. Sie war nämlich der Ansicht, ich sei eine Null im Parlieren mit Fremden. Sie meinte, man müsse in jeder Situation und mit jedermann ein paar unverbindlich-verbindliche Worte wechseln können, das gehöre zum Erwachsenwerden, und die Welt sei heutzutage eben so gestrickt, dass man ohne die Kunst des Smalltalks verloren sei.

Ich fand das ehrlich gesagt zum Heulen und wollte in diesem Fall lieber nicht erwachsen werden. Ich hasste es, mit Leuten rumzuquasseln, nur um mit ihnen rumzuquasseln, und zu sagen hatte man sich sowieso nichts. Natürlich hätte es in diesem Fall einiges zu fragen gegeben, aber ich war der Meinung, dass es uns nicht zustand, in Frau Martensens Vergangenheit herumzubuddeln, und Gott sei Dank kam dann auch Kasimir auf die Idee, uns vor weiteren Peinlichkeiten zu retten, indem er – immer noch auf Helmas Schoß – wie am Spieß zu brüllen anfing.

Das war für uns das Zeichen zum Abflug. Während Frau Martensen versuchte Kasimir zu beruhigen, tranken wir schnell unsere Eisschokolade aus und standen schon mal auf.

»Morgen um drei?«

Wir nickten und konnten beide nicht fassen, dass die Frau bei diesem Spektakel die Nerven behielt.

Draußen mussten wir uns erst mal im nächsten Supermarkt eine weitere Cola holen, um dem Brei aus Erdnussflips, Milchshakes und Eisschokolade in Sachen Verdauung auf die Sprünge zu helfen. Dann fuhren wir zu Helma.

Franz war schon zu Hause und versuchte auf dem Balkon einen Grill in Gang zu bringen.

»Bleibst du zum Essen?«

»Ich glaube, ich platz gleich«, sagte ich.

»Keine Widerrede! Tom und ich feiern heute unser Vierjähriges.«

»Los, Paulchen!« Helma knuffte mich in die Seite.

Ich fand es mehr als grässlich, wenn Helma Paulchen zu mir sagte, obwohl es bedeutete, dass sie gute Laune hatte.

»Okay«, sagte ich widerwillig.

Mir war zwar schon schlecht, aber wenn Tom und Franz Hochzeitstag hatten, durfte man das auf keinen Fall verpassen.

Helmas Zweitvater war nämlich nicht nur ein hervorragender Koch, sondern auch noch ein zweiter David Copperfield, der Hasen verschwinden ließ, Helma durchtrennte und Glasmurmeln an ihrem Geruch auseinander halten konnte.

Ich rief bei uns zu Hause an und sprach aufs Band, dass ich später kommen würde.

»Heute ist Weltpremiere«, sagte Franz grinsend und schob mich mit Helma in die Küche. »Tom wird sich in ein Grillwürstchen verwandeln.«

»Haha!«, machte Helma und ich sagte, ich fände das spitze. Wer könne schon von sich behaupten ein Grillwürstchen als Vater zu haben!

Leider hatte der groß angekündigte Hochzeitszauberabend den Nachteil, dass Helma und ich als Küchenhiwis eingeteilt wurden. Nicht dass ich grundsätzlich etwas dagegen habe, Salatköpfe und anderes Grünzeug zu putzen, aber natürlich fand ich es nicht so lustig, ausgerechnet die Paprikaabteilung übernehmen zu müssen. Andererseits war ich im Paprikazerschneiden inzwischen geübt, und als Tom gegen sieben nach Hause kam, hatte ich einen Haufen produziert, der in keine Schüssel mehr passen wollte.

»Was ist denn hier los?«, fragte Tom und ich fragte zurück, wieso, er wolle sich doch heute Abend in ein Grillwürstchen verwandeln.

Tom wurde bleich und fasste sich wie im Krimi an den Schädel. Dann sagte er noch: »Oh, mein Gott!« und ließ sich auf einen der roten Plastikstühle fallen. Franz kam rein und schaute Tom an, als hätte er sich nicht in ein Grillwürstchen, sondern in ein komplettes Brathähnchen verwandelt.

»Vergessen?«

»Total vergessen!« Toms Hand klebte immer noch an seinem Schädel, und als er bekannt gab, dass er gleich noch mal in die Redaktion müsse, pfefferte Franz das Küchenmesser in die Spüle und rannte in sein Zimmer. Herrjemine! Wenn ich mir vorstellte irgendwann mal mit Joscha solche Szenen zu erleben, grauenhaft! Da blieb ich lieber schön solo, schoss unerlaubterweise Fotos von hübschen deutschen Wohnzimmern und erging mich des weiteren darin, von Paprikaorgien mit Bärenfelljungs zu träumen.

Jedenfalls war der Abend so ziemlich vermasselt. Tom düste natürlich hinter Franz her und versuchte wohl irgendwas zu retten – außer gedämpftem Gemurmel bekamen wir nichts davon mit –, kam dann nach einer halben Stunde wieder raus, schoss wortlos an uns vorbei und knallte die Tür hinter sich zu. Puh!

Was fingen wir nun mit dem ganzen Futter an, wo wir eh schon pappsatt waren?

Weitermachen. Helma fabrizierte ein grandioses Tsatsiki, ich machte den Salat an und dann warfen wir ein paar Würstchen auf den Grill. Vorsichtig fragte ich bei Helma an, ob sie ihrem Vater die Sache mit dem Zettel nicht erzählen wolle.

»Du spinnst wohl!« Sie tippte sich an die Stirn, die wie bei einer Bulldogge gekräuselt war.

»Aber es geht die beiden doch auch an.«

»Das ist absolut nur meine Sache!«, brüllte Helma in einem Ton, dass ich fast vom Küchenstuhl fiel.

Na gut. Dann ließ ich sie eben mit dem Thema in Ruhe. Wer nicht will, der hat schon.

Irgendwann kam Franz aus seinem Zimmer gekrochen. Er hatte total verheulte Augen.

»Wenn einer den Hochzeitstag vergisst, heißt das nicht, dass er einen nicht mehr liebt«, sagte Helma, als hätte sie die Erfahrung schon mehrmals gemacht.

»Ich weiß.« Franz lud sich den Teller mit Paprikastückchen und Tsatsiki voll, worüber wir unglaublich froh waren. Uns hingen die Milchshakes und Eisschokoladen und Erdnussflips und Colas immer noch quer. Ich erzählte Franz von Mummi und Dad. Denen war das auch schon x-mal passiert.

Das heißt, meistens vergaß Mummi den Termin und Dad war dann einfach sauer, wenn er ihr einen Diamantring an den Finger steckte und sie ihn nur mit aufgerissenen Kuhaugen fragte, ob er etwa den Jackpot im Lotto geknackt habe.

»Ich versuch euch mal die Grillwürstchennummer vorzuzaubern«, sagte Franz plötzlich um einige Grade fröhlicher. Er stellte sich hinter dem Grill auf, sagte in feierlichem Ton: »Hokuspokus Fidibus!«, tauchte dann neben der Kartoffelkiste unter und wollte sich – während er sich als schrecklich ungeschickter Würstchenbauchredner versuchte – vor Lachen nicht mehr einkriegen.

Helma und ich fanden die Aktion zwar nicht ganz so komisch, verzogen aber höflich unsere Mundwinkel. Immerhin waren wir froh, dass das Eis gebrochen war. Tapfer fingen wir wieder an zu mampfen und Franz erzählte von seinem Grillstützpunkt aus die Geschichte, wie er sich zum ersten Mal in einen Jungen verliebt hatte, der das Pech hatte, kein bisschen schwul zu sein.

»Was hast du ihm gesagt?«, fragte Helma.

»Dass ich seine Augen schön finde.« Franz sprach schnell und leise und hatte gar kein Grinsen mehr im Gesicht. »Er hat mich angefaucht und ist dann weggerannt, als ob ich die Pest hätte.«

»Und wusstest du von Anfang an, dass du schwul bist?«, fragte ich Franz.

»Na klar, seit ich anderthalb war.« Er fing wieder an zu lachen. »Nein, Unsinn, mit dreizehn hatte ich eine Freundin und mit fünfzehn auch, aber dann fand ich plötzlich diesen Jungen toll ohne mir was dabei zu denken.« Er kaute nachdenklich auf einem etwas zu groß geratenen Stück Paprika herum. »Dass ich mich selbst anzweifelte, kam erst, als besagter Junge mich als ›Tucke‹ beschimpfte.«

Ich sah, wie Helma schon wieder ihr Kreidegesicht bekam – seltsam, dass sie seit der Sache mit dem Zettel so überreagierte.

»Und dann?«, fragte ich rasch. Reines Ablenkungsmanöver.

»Irgendwann kam Horst, da war ich schon weit über zwanzig. Ich dachte, ich würde alles für ihn tun, und er tat alles für mich und eines Tages haben wir uns getrennt und später hat er geheiratet.«

»Oje!«, entfuhr es mir. Franz tat mir Leid. Ich stellte es mir schrecklich vor, solche Sachen mitzumachen. Aber wer weiß, vielleicht blieb mir selbst auch nichts erspart. Die Joscha-Sache sprach ja nicht gerade dafür, dass ich in nächster Zeit in puncto Liebe auf einen grünen Zweig kommen würde.

»Kinder, nun seht mich doch nicht an wie zwei Affen auf Kreuzfahrt! Immerhin bin ich ziemlich glücklich mit Tom zusammen. Ende gut, alles gut!«

Helma schob sich den Rest ihres Grillwürstchens rein und machte nicht gerade den Eindruck, als würde sie den letzten Satz unterschreiben. Derweil spielte Franz den Kasper und brachte einen grotesken Spruch nach dem anderen – Thema Liebe.

»Der Weg zweier sich Liebender ist fast immer mit einem Haufen versteinerter Paprika gepflastert«, sagte er und: »Liebe macht froh, wenn du regelmäßig gehst aufs Klo.«

Helma kicherte, verschluckte sich prustend und dann wollte Franz ganz plötzlich wissen, wie es denn um unsere Lovers bestellt sei.

Lovers! Der hatte wohl 'ne Meise! Ich war gerade dabei, Joschas Hausnummer rauszukriegen, und Franz redete ungeniert von Sachen, die wir im Jahr zweitausend noch nicht mit den Jungs anstellen würden!

»Pauline ist total verknallt!«, petzte Helma, wofür ich ihren Mund am liebsten mit einem siamesischen Zwillingswürstchen zugestopft hätte.

»Wie schön!«, rief Franz aus und sah mich mit einer Begeisterung an, als hätte ich gerade gesunde Fünflinge zur Welt gebracht und wollte just dazu übergehen, neue anzusetzen.

»Stimmt gar nicht«, sagte ich und merkte, wie mir das Blut unaufhaltsam in den Kopf marschierte.

Okay, vielleicht war es sogar ein günstiger Moment, jemanden etwas zu fragen, der schon einige Erfahrungen mehr hatte als wir und der nicht gerade Mummi oder Dad war und auch nicht in direkter Petzbeziehung zu ihnen stand. Also erkundigte ich mich (mit zugegebenermaßen immer noch roter Birne) bei Franz, wie man es anstellt, jemandem seine Liebe zu zeigen, den man noch gar nicht richtig kennt, und woran man vor allem merkt, was derjenige für einen selbst empfindet.

»Hm«, machte Franz und noch einmal »hm« und schließlich »hm« und »sst«. Dann kratzte er sich erst eine Weile an seiner Stirnglatze und sagte ernst: »Wenn ich das wüsste, könnte ich wohl langsam mal meinen Grabstein bestellen.«

Klasse Antwort. Absolut schlüssig. Ich ging zum Grill und legte zwei Würstchen nach.

»Echt schwierige Sache«, fügte er noch hinzu. »Genau das war ja früher immer mein Problem. Dass ich mir selten sicher war, ob die Jungs auch schwul waren. Du musst es einfach wagen und auf ihn zugehen.«

Heiliger Bimbam! Vielleicht hatte Franz Recht. Aber was nützte das, wenn ich in den entscheidenden Momenten so schüchtern wie eine Kirchenmaus war?

»Schreib ihm doch einen Brief.«

»Bloß nicht«, sagte Helma und ich wusste auch, warum sie so drauf ansprang. Sie hatte sich mit so einer Aktion früher einmal die Finger verbrannt.

»Was soll denn daran so schlimm sein? Jemandem seine Gefühle zu zeigen ist doch nicht verboten und wer damit nicht umgehen kann, ist es sowieso nicht wert.« Franz hatte so eine süße Art, beim Sprechen die Unterlippe vorzuschieben, dass ich mich an Toms Stelle wahrscheinlich auch Hals über Kopf in ihn verliebt hätte. Trotzdem – ich konnte mir nun, da ich die Adresse hatte, beim besten Willen nicht mehr vorstellen Joscha zu schreiben.

Was denn auch? Dass ich ihn so geheimnisvoll fand und dass ich mit Sicherheit eine Wahnsinnsgeliebte sein würde? Dass er in meinem Leben das Salz in der Suppe wäre, die Bürste zum Klo?

»Du kannst ihn auch anrufen. Oder sprich ihn ganz einfach in der Schule an.«

Himmel, Arsch und Wolkenbruch! Wie konnte es ganz einfach sein, eine nahezu fremde Person anzuquatschen und ihr zu sagen, dass man in sie verknallt war?

»Mach ich nicht«, sagte ich patzig.

»Hör mal zu, Pauline.« Franz faltete die Hände vor der Brust und betrachtete mich wie einen Altar. »Du sagst natürlich nicht, dass du in ihn verknallt bist. Du sagst… Moment mal…« Er reckte seine immer noch gefalteten Hände gen Himmel und ließ sie über seinem Kopf wie eine Fontäne aufspringen. »Du sagst zum Beispiel, du fändest seinen Pullover wunderschön, und fragst ihn, wo er den gekauft hat.«

»Joscha trägt nur eine alte Secondhand-Trainingsjacke und die finde ich scheußlich.«

»Pfft«, machte Franz. Ich glaube, langsam war auch er mit seinem Latein am Ende.

»Und du?«, wandte er sich Helma zu, die etwas betreten ihre Finger knetete. »Was macht dein Liebesleben?«

»Och, nix.« Es klang unbeteiligt und ich wunderte mich, dass auf einmal wieder ihre berühmten Flecken auf ihrem Gesicht herumkrochen. Schon richtig: Irgendwie hatte mir Helma lange nichts von ihren Schwärmen erzählt, immer nur den Sternenhimmel angebetet, und über meinem eigenen Liebeswahn war mir das noch nicht mal bewusst geworden.

»Niemand, der dir gefällt?«

Helma schüttelte entschieden den Kopf. »Liebe ist Mist«, sagte sie, woraufhin Franz lachte und mit dem Spruch »Liebe ist eine Perle in einem Misthaufen« konterte.

»Und muss man immer durch diesen Misthaufen gehen, um an die Perle ranzukommen?«

Franz grinste mich an und sagte, dass er schon durch etliche Misthaufen hindurchgegangen sei, aber wir sollten uns bloß nicht abschrecken lassen, das sei wohl nicht die Regel.

Und dann fügte er noch so einen blöden Satz an, den er wahrscheinlich aus irgendeinem Schlagertext hatte: Die Liebe kommt dir immer dann ins Herz geflattert, wenn du gar nicht damit rechnest.

Na ja – nahm ich mir eben vor mit nichts zu rechnen. Aber Himmel noch mal, wie sollte das denn funktionieren, wenn mir Joscha jeden Tag seine Hinteransicht in der Schule präsentierte?

Gegen zehn kam Tom nach Hause. Er hatte einen dicken fetten Strauß roter Rosen im Arm.

Dann folgte eine derart versöhnliche Versöhnungsszene, dass Helma und ich es vorzogen, diskret das Feld zu räumen und vorerst auf Toms Verwandlung in ein Grillwürstchen zu verzichten.

Leider spann mein Fotoapparat am nächsten Morgen in der Schule. Leider! Die Makkaroni kriegte nämlich einen regelrechten Tobsuchtsanfall, weil die Hälfte der Klasse ihre Hausaufgaben nicht gemacht hatte – wozu Helma und ich wegen jobvorbereitender Maßnahmen und nicht stattfindender Zauber-Grillwürstchen-Experimente auch gehörten. Und ich hätte sie zu gerne fotografiert, wie sich ihr Gesicht aufblähte und dabei englische Sachen fluchte, für die es sich wahrscheinlich gelohnt hätte, den Kopf mal ein bisschen tiefer ins Vokabelheft zu stecken.

Die Stunde lief dann in dem Stil weiter, was mir ehrlich gesagt ein bisschen Leid für sie tat, weil sie eigentlich keine fiese Lehrerin war, sondern das Pech einfach anzog, und dann konnte man gar nicht anders und musste lachen. So hatte sie sich für heute was ganz Tolles ausgedacht und spielte uns, weil die Ferien ins Haus standen und die Zeugnisse schon im Kasten waren, auf einem superaltmodischen Plattenspieler ihre Steinzeitplatten vor, Stones und Janis Joplin – ich kannte den ganzen Kram schon von Mummi und Dad. Sie hatte eine LP dabei und auch ein paar Singles und dann legte sie »Angie« von den Stones auf und fing vor lauter Rührung beinahe an zu heulen. Die Arme – vielleicht hatte sie nach dem Stück früher mal ihren ersten Engtanz hinter sich gebracht.

Das Ganze hatte zur Folge, dass sie dann versuchte ihre Knutsch-LP-Erinnerung in die Joplin-Single-Hülle zu stecken, was ja nicht funktionieren konnte, und die gesamte Klasse lag irgendwann vor Brüllen auf dem Boden. Ich geb's zu, ich hatte auch Lachtränen in den Augen, starb gleichzeitig mit ihr tausend Tode und war heilfroh, als es endlich klingelte. Irgendwie fand ich es manchmal peinlich, wenn Lehrer zu richtigen Menschen aus Fleisch und Hormonen wurden.

In der Pause ließ ich meinen kaputten Fotoapparat kaputten Fotoapparat sein und schleppte Helma mit zu den Mülltonnen, um Joscha zu suchen. Aber entweder hatten wir Pech oder er die besseren Verstecke, jedenfalls war er mal wieder nirgends zu sehen.

Großer Mist!

»Vielleicht ist Joscha bei der Milchausgabe«, meinte Helma, als er im selben Moment im Abstand von ungefähr zweieinhalb Zentimetern an uns vorbeispazierte und ein aufgeblasenes Gesicht machte.

Helmas Gesichtsfarbe verwandelte sich augenblicklich in die eines wunderschönen Spaghetti-mit-Tomatensoße-Gerichts. Ich starrte Helma an und verstand Gott und die Welt nicht mehr.

»Hör mal, Hexe, bist du noch normal?«, fragte ich, kam aber nicht weiter, weil Helma zu allem Überfluss auch noch zuckende Augen kriegte.

Ich musste mich erst mal an die Wand lehnen und tief Luft holen. Konnte das vielleicht heißen, dass Helma Joscha gar nicht so schrecklich fand, wie sie immer behauptete? Konnte das darüber hinaus heißen, dass zwei Freundinnen, die miteinander durch dick und dünn gingen, den gleichen Jungen liebten – der von seinem Doppelglück gar nichts wusste? Falls ja, würde es die Sache erheblich verkomplizieren.

»Also, du findest ihn auch gut. Ist es das?«

Ich kannte Helma mittlerweile in- und auswendig. Ich kannte sie lachend und heulend und plappernd und scherzend, aber das Gesicht, das sie mir jetzt bot, war etwas so unerhört Neues, dass mir der Mund aufklappte und einfach offen stehen blieb.

Helma sah aus wie eine Giraffe, der man kurzerhand den Hals umgedreht hatte. Nach Luft ringend stand sie da, presste ihre Schilddrüse nach vorne, dazu das Augenlidflattern.

Ich kannte zwar ein paar Erste-Hilfe-Griffe, aber was man in so einem Fall von In-flagranti-erwischt-werden-Scham anzuwenden hatte, war mir schleierhaft.

»Ist schon gut«, sagte ich und strich ihr sanft über den Rücken. Ehrlich, ich hatte Angst, sie könnte mir hier auf dem Schulhof hopsgehen. »He, wir kriegen das schon irgendwie hin.«

Da löste sich die Spannung in ihr, Tränen rollten ihr die Wangen runter. Ich zerrte sie aufs Klo in eine Kabine, um sie mit einer Rolle Klopapier zu verarzten.

Komische Helma! Da musste ich gerade eine ganze Welt in ihr zum Detonieren gebracht haben. Als sie sich ausgeheult hatte, fragte ich, warum sie mir nie etwas gesagt habe.

»Weil..., weil das länger geht, als du glaubst.«

Ihre Augen waren rot wie bei einem Kaninchen.

»Wie lange?«

»Da war Joscha noch eine Klasse über uns.«

Ich musste mich kurz mal auf den Klodeckel setzen. Das haute jetzt doch die stärkste Frau um!

»Ich... weiß auch nicht, ich fand ihn...«

Helma sprach nicht weiter, was aber auch gar nicht nötig war.

Ich wollte nur von ihr wissen, warum sie immer so getan hatte, als wäre Joscha der hinterletzte Idiot. Und das hatte sie ja genial hingekriegt!

»Ich dachte, du wirst dann sauer. Und du bist jetzt bestimmt sauer, stimmt's?«

»Ich weiß nicht. Ich bin gar nichts.«

Blöderweise fing Helma ganz plötzlich an zu lachen, was mich tatsächlich sauer machte.

»Und warum hast du damals nichts gesagt?«, fragte ich eine Spur zu barsch. »Als ich noch nicht mal wusste, dass es einen Blödmann namens Joscha gibt?«

»Keine Ahnung.« Sie sah aus wie ein Häufchen Vanillepudding. »Vielleicht hatte ich Angst, dass du ihn dann auch toll finden würdest.«

Hervorragende Logik! Versucht was zu verhindern, was natürlich nicht möglich ist, weil die Dinge so passieren, wie sie passieren sollen, und dann…

Mensch, Helma, dachte ich, wieso dampfst du nicht ab und kümmerst dich lieber um deinen Weltraum?

Laut sagte ich: »Ist schon okay.«

Wir gingen schweigend in die Klasse und dann saßen wir nebeneinander und jede von uns wusste, dass es in der anderen brodelte.

Joscha trug heute ein Hemd mit kleinen

Flimmerkaros. Er hatte schmale Schultern, Mädchenschultern – Mensch, Joscha!

Die meisten Lehrer hatten ihn endgültig aufgegeben, nahmen ihn kaum noch dran. Schon zweimal backen geblieben und immer wieder tat er, als ob ihn das Thema »Schule« nicht die Bohne was anginge. Okay, manchmal schrieb er auch Zweien und Dreien, aber wahrscheinlich waren das Zufallstreffer, immerhin war ihm der Stoff ja schon tausendmal eingebimst worden. Ansonsten hing er teilnahmslos in seiner Bank und man fragte sich, warum er überhaupt pünktlich zum Unterricht erschien und seine Zeit von der ersten bis zur letzten Minute absaß.

Ich guckte zu Helma rüber. Die hatte sich ebenfalls tranceartig in den Karorücken versenkt. Waren wir nicht verrückt in unserer Verliebtheit? Hormonmäßig völlig durchgedreht?

Verknallt sein ist, als ob man im Schneeanzug auf einer Sommerwiese herumspringt und das für absolut normal hält – der Spruch stammte von Franz und irgendwie, fand ich, hatte er ein bisschen Recht damit. Bei mir kam allerdings noch hinzu, dass auf dieser Wiese nur gallebittere Drinks serviert wurden. Von wegen – muss Liebe schön sein!

Wie sollte ich in Anbetracht der unerhörten News nur den Rest des Tages durchstehen, mit Helma zusammen zum Babysitten gehen? Wie nur? Jetzt – im Nachhinein – wurde mir auch einiges klar: Warum sie sich vor Urzeiten mal misslungene Fotos aus meinem Papierkorb geklaubt hatte – angeblich für Collagezwecke! Warum sie gestern, als Franz uns nach unseren Jungengeschichten gefragt hatte, so verschreckt reagiert hatte. Offen gestanden war ich ziemlich sauer. Immerhin hatte sie keinen einzigen Ton von sich gegeben, und das als meine beste Freundin. Gerade gestern groß über Liebe und all den Quark rumgeredet, ich, die Hampelfrau, die den Grillwürstchen und allen Anwesenden auch noch offen ihren Herzschmerz offenbart, und Madame Helma hält einfach ihre Klappe. Ich war monstermäßig sauer! Und wenn sie glaubte, dass unsere Freundschaft ohne jeden Knacks davonkäme, dann hatte sie sich getäuscht! Ein paar Mal schaute ich sie böse von der Seite an – ja, krieg nur ein schlechtes Gewissen, du Gewitterhexe –, und ich merkte, wie Helma in sich zusammensank.

Nach der Sechsten radelten wir hintereinander (normalerweise fuhren wir nebeneinander) nach Hause und jede verschwand in ihrer Wohnung. Ich aß einen Haferflockenbrei mit viel Zucker und Kakao – das war gut für die Seele – und knöpfte mir dann meinen

Fotoapparat vor, der mich endgültig im Stich ließ, indem er einfach in einen ewigen Winterschlaf fiel. Ich hätte das Ding am liebsten genommen und es im Klo runtergespült. Stattdessen rief ich Mummi im Büro an. Die Sekretärin war dran.

»Moment«, sagte sie und dann hatte ich eine völlig hektische Mutter am Ohr.

»Können wir das nicht heute Abend besprechen?«

»Meine Kamera ist kaputt!«

»Das hast du schon gesagt, aber soll ich sie jetzt durch die Leitung reparieren?«

Ich merkte, wie ein dicker Tränenkloß in meinem Hals aufstieg.

»Süße, gegen sieben bin ich zu Hause.«

»Ihr macht alle mein Leben kaputt!«, brüllte ich in den Hörer und knallte ihn postwendend auf. Dann warf ich mich heulend aufs Sofa, sprang kurz wieder hoch, trat nach meiner Kamera.

Im selben Moment ging das Telefon. Mummi.

»Du bekommst einen neuen Apparat, wenn deiner nicht mehr zu reparieren ist.«

»Ich brauch aber einen vernünftigen!«, heulte ich in die Muschel. »Mit mehreren Objektiven!«

»Das kriegen wir schon hin. Okay?«

»Okay.«

Ich fühlte mich zwar ein bisschen besser, als ich auflegte, dachte aber daran, dass ich das Ganze schon mal mit meinen Eltern durchexerziert hatte. Irgendwie hatten sie nie kapiert, worum es beim Fotografieren eigentlich ging, und wollten mir immer so ein Billigding andrehen, mit dem man gerade mal das Kaffeekränzchen bei Omi Bielefeld hätte aufnehmen können.

Um halb drei klingelte Helma und guckte mich an, als würde mir noch der Haferflockenbrei vom Mittagessen im Gesicht kleben. »Hast du geheult?«

»Nein, meine Welt geht nur gerade baden«, sagte ich und fand mich ziemlich dramatisch.

Daraufhin sagte Helma nichts mehr. Ha! Wahrscheinlich hatte sie jetzt ein schlechtes Gewissen, weil sie glaubte, meine kenternde Welt hinge mit ihrem Joscha-Geständnis zusammen – was ja auch stimmte, aber eben nur zur Hälfte der Wahrheit entsprach.

Als wir pünktlich um drei anmarschierten, war Frau Martensen gerade dabei, Kasimir einen gelben Brei in den Mund zu schieben, der aussah, als hätte er ihn schon mal gegessen. Den Kleinen schien das jedoch nicht im Mindesten zu stören. Er juchzte und patschte uns mit seinen feisten Händchen entgegen, so dass ich wieder einen merkwürdigen Muttertriebschub bekam. Himmel noch mal!

»Ich lege ihn dann gleich hin, und wenn er aufwacht, wisst ihr ja, was zu tun ist.«

Wir nickten und verzogen uns ins Wohnzimmer, damit Kasimir beim Einschlafen seine Ruhe hatte. Ich lehnte mich zurück und schielte Helma schräg von der Seite an, die ganz auf Dame machte, lässig die Beine übereinander schlug und interessiert die Grünpflanze betrachtete. Das konnte ja heiter werden – das große Schweigen der Babysitterinnen.

Es dauerte nicht lange, bis Frau Martensen gestiefelt und gespornt ihren Kopf durch die Tür steckte.

»Ich mach mich jetzt auf die Socken. Ihr könnt ruhig den Kühlschrank plündern.«

Dann verschwand sie durch die Tür und überließ uns unserer selbst inszenierten Stummfilmszene.

Ich dachte eine Weile darüber nach, wohin die Martensen wohl gehen könnte, ob sie arbeiten musste oder einen Privattermin hatte und warum sie uns nichts davon erzählte, stand dann, als es mir zu blöd wurde, auf, um von dem Kühlschrankangebot Gebrauch zu machen.

»Kommst du mit?«, fragte ich Helma. Ich hatte auf einmal das ganz dringende Bedürfnis, meine Haferschleimgrundlage mit etwas Vernünftigem aufzufüllen. Helma dackelte mir nach ohne jedoch einen Piep von sich zu geben.

Immerhin war der Kühlschrankinhalt diesmal gigantisch. So ziemlich alles, was Herz und Zunge und Magen begehrten, war drin zu finden. Schokoladenpudding, Würstchen, Käse, eine angebrochene Eispackung, Heringe, Cola, Nudelsalat, Tiramisu – der Unterschied zu meiner ersten Kühlschrankinspektion bei der Martensen war gewaltig!

Helma kramte stillschweigend Teller und Bestecke aus dem Schrank und deckte den Tisch. Derweil kümmerte ich mich ums Essen.

»Wahnsinn«, sagte ich, obwohl ich mir vorgenommen hatte, kein überflüssiges Wort mehr mit Helma zu wechseln.

Sie sah mich kurz an und sagte dann: »Ich hab Hunger wie eine Wölfin.«

»Interessiert mich nicht die Bohne«, gab ich zurück und machte derweil alle Schränke auf, weil ich immer noch nicht das Brot gefunden hatte.

»Und mich interessiert nicht, wie wahnsinnig du das hier findest«, sagte Helma.

»Und mich interessiert absolut nicht, dass dich das nicht interessiert.«

In der Art machten wir ungefähr eine Viertelstunde weiter, schlugen uns dabei die Bäuche voll und waren kurz davor, in blödsinniges Gegacker auszubrechen. Da läutete es.

»Wir machen nicht auf«, erklärte ich und schnitt ein dickes Stück Appenzeller ab.

»Warum denn nicht?«

»Geht uns doch nichts an, wer hier klingelt.«

»Und wenn's was Wichtiges ist? Vielleicht hat die Martensen ihren Schlüssel vergessen.«

»Okay. Gucken wir durch den Spion.«

Voll gestopft wie wir waren, rollten wir zur Tür. Helma drängte mich weg, wollte unbedingt als Erste gucken.

Wir rangelten eine Weile, nur zum Spaß, dann hatte sie den Stützpunkt erobert. Es dauerte ziemlich lange, bis sie ihren Kopf zurücknahm und mich bleichgesichtig ansah.

»Was denn?«, flüsterte ich.

Helma legte ihren Zeigefinger an die Lippen. Sie sah aus, als würde sie gleich rückwärts umkippen und im Jenseits versinken.

»Fred Feuerstein in Badchose?«

Ich glaube, das machte alles nur noch schlimmer: Helma ging wie unter Hypnose einen Schritt zurück, trat dabei in die Schuhablage, strauchelte, riss die Mäntel mit runter und fiel hin, während es an der Tür Sturm zu klingeln begann.

Ich half Helma wieder auf die Beine; Gott sei Dank war ihr nichts passiert.

»He! Aufmachen! Ich bin's!«, schrie es im

Treppenhaus. Da schaute ich endlich durch den Spion.

Joscha!

Er stand leibhaftig vor dieser Tür, wo sich drinnen zwei Mädchen nach ihm verzehrten. Er klopfte und hämmerte und wollte rein. Ehrlich, mein Herz wäre in diesem Moment lieber in Ruhe ein Bier trinken gegangen als diesen Stress hier mitzumachen.

Ich sah Helma an, die nickte nur – dann öffnete ich. Joscha atmete schwer, und ohne sich auch nur eine Sekunde darüber zu wundern, dass wir ihm die Tür aufmachten, fragte er, ob niemand da sei. Sein Gesicht war unbeweglich wie immer, nicht mal der Anflug eines Lächelns, bloß seine Pupillen flackerten unruhig hin und her.

»Nur Helma und ich«, sagte ich und hatte Mühe, die Kontrolle über meine Stimme zu behalten.

Helma meinte später, ich hätte absolut cool geklungen. So als wäre ich nie mit einem Hämmern in der Brust um Joschas Haus geschlichen, als wüsste ich nicht, wie hässlich die Couch im Wohnzimmer seiner Eltern war, auf der er sich jeden Abend beim Fernsehen den Hintern platt saß.

»Können wir was ausrichten?« Ich sah ihm fest in die Augen, und während ich das tat, dachte ich: Merk dir diesen Blick, vielleicht wirst du ihn nie wieder so vor dir haben. Mach ein Foto, das für immer in dir drin bleiben wird. In diesem Moment drängelte sich Helma ein paar Zentimeter nach vorne und merkte intelligenterweise an, dass Kasimir auch noch da sei.

»Danke für die Auskunft«, sagte Joscha kratzbürstig und drehte sich auf dem Absatz um.

Ich stürzte ihm auf den Flur nach, sah, wie er die Treppe runterging, wobei seine Stiefel auf jeder einzelnen Stufe ein donnerndes Geräusch machten.

»Sollen wir Frau Martensen nun was ausrichten oder nicht?«, schrie ich.

Joscha hielt kurz an und drehte sich um. »Nö«, sagte er. Es klang gelangweilt.

Ich dachte, ich müsste gleich in seine braunen Augen fallen und würde in einem winterfrischen Bergsee aus der Werbung aufwachen, als er fragte: »Haben wir eigentlich was in Mathe auf?«

Ich war so perplex, dass ich auf einen Schlag vergaß, wie man sprach, und vor allem, wie man nachdachte. Mathe – was hatten wir bloß in Mathe auf? Eher wäre mir eingefallen, wie viel Haare heute Morgen in meiner Bürste waren. Ich fühlte mich, als hätte mich ein plötzlicher Gedächtnisverlust überrumpelt, der auch nicht vorhatte mich in absehbarer Zeit wieder aus seinen Klauen zu entlassen. Wie kam Joscha nur dazu, mich so was zu fragen? Schule interessierte ihn doch nicht die Bohne, und dass er jemals auf Hausaufgaben scharf gewesen wäre, daran konnte ich mich beim besten Willen nicht erinnern.

»Seite zwanzig, Nummer eins und zwei.«

Helma war plötzlich hinter mir, rotwangig und ziemlich schön, was ich voller Neid registrierte. Am liebsten hätte ich ebenfalls so ein zuckersüßes Lächeln aufgelegt, mir diese aufgesetzte Gleichgültigkeit weggehext, die sich bestimmt nicht gut in meinem Gesicht machte, aber da war Joscha schon verschwunden. Jetzt stand Helma wie vom Donner gerührt auf dem Treppenabsatz; nur noch ein paar hartnäckige rote Flecken prangten auf ihrer Haut. Es war mir ein absolutes Rätsel, wie sie es eben noch hingekriegt hatte, ganz locker die Hausaufgaben aus dem Kopf zu referieren. Im gleichen Moment erwachte ich wie aus einem Traum und registrierte, dass Kasimir wie am Spieß brüllte. Verflixt! Den hatten wir total vergessen!

Ich rannte voraus ins Kinderzimmer und hob das kleine Bündel aus seinem Bettchen. Kasimir sah wie eine Kreuzung aus einem roten Luftballon und einer Schleimschnecke aus.

Verzweifelt überlegte ich, was in so einem Notfall zu tun war. Ihm den Rücken klopfen? Das Köpfchen tätscheln? Da fiel es mir wieder ein.

»Mach schon endlich den Fernseher an!«, schrie ich Helma an.

Wenn Kasimir nun erstickte! Joscha ist schuld, würde ich Frau Martensen sagen. Wenn der nicht geklingelt und so blöde nach den Hausaufgaben gefragt hätte, wäre das nie passiert.

Gott sei Dank hatte Helma die Fernbedienung gefunden und brachte das Ding endlich zum Flimmern. Ein Actionkrimi, gut so! Ich meinte mich zu erinnern, dass Kasimir ein Faible für halsbrecherische Verfolgungsjagden hatte. Auf der Stelle war er dann auch still – verdächtig still. Ich hielt ihn ein paar Zentimeter hoch und guckte ihn vorsichtig an. Ob er schon tot war? Da fing er unverschämterweise an zu grinsen. Hatte uns die ganze Zeit zum Narren gehalten, die kleine Kröte! Eine Weile schauten wir drei andächtig auf den Bildschirm, wo innerhalb von zwei Minuten etwa vier Menschen gekillt wurden und vier andere in brennenden Autos ums Leben kamen oder kreischend aus Hochhäusern purzelten, und genossen die Ruhe.

Kasimir war absolut gut drauf, ein reines Wunder im positiven Denken.

Erst jetzt wurde mir klar, es war eigentlich das erste Mal, dass Joscha und ich uns gegenübergestanden und Worte ausgetauscht hatten. Also: Es ist so ganz anders, als man es sich vorgestellt hat. Man glaubt einen Menschen zu kennen, wenn man in ihn verliebt ist, aber man hat nur eine Vorstellung von ihm, das ist alles. Und wenn derjenige dann vor einem steht, ist er ganz plötzlich fremd und merkwürdig. Es ist, als ob man in den Zoo geht, um sich ein Dromedar anzusehen, und dann hat man auf einmal einen Foxterrier mit Eselsohren vor sich. Ich will nicht behaupten, dass ich enttäuscht war oder so, ich war eher erstaunt, dass so etwas möglich ist.

Davon erzählte ich Helma nichts. Ich fürchtete mich nicht klar genug ausdrücken zu können, vielleicht hatte ich auch Angst, dass sie mir einen Vogel zeigen würde. Sie war nämlich total gut gelaunt, rückte ein Stück an mich ran und patschte lustig mit ihrer Hand auf Kasimirs Bauch rum.

»Das mag er nicht«, sagte ich.

»Klar mag er das«, sagte Helma. »Sonst würde er doch wieder heulen.«

Wahrscheinlich hatte sie Recht, aber das hätte ich nie und nimmer zugegeben. Ich guckte immer noch stur geradeaus und ärgerte mich kolossal, dass sie die Situation vorhin so easy in den Griff gekriegt hatte.

Außerdem wartete ich darauf, dass sie endlich das Thema Joscha ansprechen würde. Mir juckte es verteufelt unter den Fingernägeln und ich wettete, dass es Helma nicht anders erging. Immerhin hatte sie wieder ihre roten Flecken im Gesicht, die jetzt auch noch Wasserfall am Hals spielten.

Sei's drum. Sie tat jedenfalls, als würde sie das alles gar nichts angehen, griff nach Kasimirs Händchen und machte ansonsten keine Anstalten, sich mit mir über »die Sache« zu unterhalten.

»Wow!«, brüllte sie, als im Fernsehen drei Autos zusammenkrachten und in einem riesigen Feuerball durch die Luft flogen.

Da hielt ich doch lieber meinen Mund. Wenn ich ehrlich war, langweilte mich der Film zu Tode. Und außerdem fing irgendetwas unter meiner Nase an zu stinken.

»Ach du jemine! Kannst du das mal übernehmen? Stehst doch so auf ihm.«

»Hat er die Hosen voll?«

Ich nickte und versuchte Kasimir auf ihrem Schoß abzuladen.

»Denk gar nicht dran, ihn zu wickeln. Eben hast du mir nicht mal seinen kleinen Finger gegönnt.«

»Du verdienst genauso viel wie ich, also musst du auch was dafür tun.«

»Dann gib ihn schon her!«

Helma dampfte mit Kasimir ab. Ich saß noch eine Weile und schaute mit leeren Augen auf den Abspann. Von nebenan kam fröhliches Quieken und Quaken, was schon wieder die Eifersucht in mir aufsteigen ließ. Mensch, war ich blöd!

Irgendwann hielt ich es nicht mehr aus und ging ins Badezimmer.

Helma stand mit dem Rücken zu mir und zog Kasimir gerade ein Strampelhöschen an. Ich war echt beeindruckt – was für eine begnadete Mutter sie war!

Bei mir hätte Kasimir mit Sicherheit Schreikrämpfe bekommen.

»Meinst du, wir können ihn noch mal zum Schlafen kriegen?«, fragte sie.

»Klar!« Ich kniff mir ein kleines Grinsen ab.

Helma legte Kasimir in sein Bettchen und summte dabei einen doofen Schlager. Ich wollte nicht, dass sie Kasimir so einen Müll beibrachte.

»Ey, lass das!«

Helma sah mich fragend an.

»Das Monsterchen hat wahrlich einen besseren Musikgeschmack verdient.«

»Was verstehst du denn schon von Musik?«

»Und was verstehst du vom Singen?«

Helma fing albern an zu kichern und steckte zu allem Überfluss auch noch Kasimir damit an. Er fuchtelte mit allen vier ihm zur Verfügung stehenden Gliedmaßen in der Luft herum und bot uns quiekend einen tiefen Einblick in seinen halbwegs zahnlosen Mund.

»Kannst du dir vorstellen, was der hier wollte?«, fragte Helma dann wie aus heiterem Himmel.

»Vielleicht bezieht er bei der Martensen seinen Stoff.«

»Sehr witzig.«

»Ich hab doch auch keine Ahnung.«

Glücklicherweise schlief Kasimir innerhalb der nächsten Sekunden ein, so dass wir damit anfangen konnten, die Küche aufzuräumen. Dabei überlegten wir uns tausendundeine Was-wollte-Joscha-nur-bei-Frau-Martensen-Theorie.

Helma meinte, dass die Martensen ihm möglicherweise Nachhilfe gab. Ich fand das absurd, schließlich machte man zu diesem Zweck einen Termin aus. Vielleicht planten sie zusammen einen Banküberfall, bei dem Kasimir als Geisel eingesetzt würde – auch denkbar. Die Martensen sah zwar nicht so aus, aber vielleicht hatte sie doch einen kriminellen Touch.

»Und wenn wir sie nachher fragen?«

»Never! Wer weiß, was für eine Lawine wir damit wieder ins Rollen bringen?«

Also taten wir später, als wäre nichts weiter vorgefallen, kassierten ein dickes Lob dafür, dass wir uns Kasimirs Popo angenommen hatten, und hauten anschließend in der Stadt unseren Verdienst auf den Kopf. Helma kaufte sich eine neue Haarspange, ich entschied mich für eine Schaumwelle zum Selbermachen – mein Haar konnte ruhig ein bisschen mehr Volumen vertragen.

Gott sei Dank kamen von Helmas Seite keine Kommentare. Es wäre mir peinlich gewesen zuzugeben, dass ich auf eine neues Joscha-Treffen hoffte und zu diesem Zweck wenigstens in puncto Locken mit Helma konkurrieren können wollte.

Das Foto

Der Donnerstag fing grässlicher an als jeder andere Donnerstag in meinem bisher vierzehnjährigen Leben! Es war der Super-Alptraum-Donnerstagmorgen schlechthin, mieser als mies.

Ich hatte meinen Wecker auf fünf gestellt, weil ich unbedingt noch die Sache mit der Schaumwelle durchziehen wollte. Vielleicht war es idiotisch von mir, so eine Aktion in den allerfrühesten Morgen zu verlegen, aber es ist nun mal so, dass keine Frisur dieser Welt – und sei sie noch so toll – eine Nacht, in der man in seinen Kissen rumwühlt und von Joschas träumt, unbeschadet übersteht.

Also quälte ich mich hoch, rein ins Bad. Ein Gesicht, zum Weglaufen hässlich, guckt mir entgegen. Wie um Himmels willen sollte ich es schaffen, aus diesem verquollenen Etwas ein Eins-a-Gesicht zu machen? Ich hockte mich auf die Klobrille, jammerte erst ein bisschen in mich rein, las dann den Sermon auf der Packung durch. Laut Bedienungsanleitung war die Durchführung kinderleicht, absolut easy, wirklich. Ich machte alles wie beschrieben – Haare aufdrehen,

Kleister auf den Kopf, Handtuch drum –, ging anschließend in die Küche, um mir einen Tee zu kochen. Ich kann mich nicht mehr genau erinnern, was im Einzelnen passierte. Vermutlich hatte ich es gerade noch hingekriegt, Tee zu kochen, und dann kam Mummi irgendwann in die Küche geschlichen und fragte, warum ich schon auf sei.

»Wie?«

Ich war gerade beim zweiten Aufwachen an diesem Morgen, hob langsam meinen Kopf von der geblümten Tischdecke. Meine rechte Hand tat weh – anscheinend hatte ich die ganze Zeit die Tischkante umklammert. Ich sah auf die Uhr, zehn nach sieben, meine Güte, die Schaumwelle! Ich hatte sie glatt die doppelte Zeit einwirken lassen! Rein ins Bad, wo Dad gerade auf dem Klo hockte, schnell wieder raus in die Küche – genauso gut konnte ich meine Haare hier ausspülen.

»Was machst du da eigentlich?«, wollte Mummi wissen, als ich mit tropfnassen Haaren aus der Spüle auftauchte. »Ich dachte, wir haben eine Dusche.« Dann verzog sie ihren Mund zu einem Grinsen, brach in unterdrücktes Gegickel aus.

Ich setzte zum Rückzug an und sagte mir im Stillen immer wieder den einen Satz vor, den ich mal in einer Psychosendung gehört hatte: Du musst jetzt stark sein, Baby, sehr stark!

Fast im selben Moment tönte ein gellender Schrei durchs Haus und das war keine andere Stimme als meine. Ich stand vorm Flurspiegel und raufte mir das nasse Sauerkraut auf meinem Kopf, das in alle Richtungen abstand, nur nicht dem Gesetz der Schwerkraft folgte und lockig nach unten fiel.

Mummi kam hinterher und legte mir tröstend den Arm um die Schulter. »Wart mal ab, bis es trocken ist.« Sie hatte immer noch diesen merkwürdigen Gesichtsausdruck, als würde sie in der nächsten Sekunde einen Lachanfall kriegen.

»Ich will tot sein!«, jaulte ich.

»Quatsch, Haare kann man abschneiden und sie wachsen auch wieder nach.«

»Ich will trotzdem tot sein.«

Daraufhin fing Mummi tatsächlich an zu lachen, was mich rasend wütend machte.

»Mensch!«, schrie ich. Und da mir nichts weiter einfiel, was ich zu dem Thema hätte sagen können, stampfte ich ein paar Mal mit dem Fuß auf, woraufhin unsere geschätzte Nachbarin Frau Henkel, die unter uns wohnte, mit irgendeinem Gegenstand an die Decke stieß.

»In ein paar Tagen ist das wieder raus«, meinte Mummi liebevoll und lief vor mir her in die Küche, um mir eine noch liebevollere Schokolade zu kochen. Ich saß derweil bockig rum und haderte mit meinem Schicksal. Als Dad frisch rasiert reinkam und meinte, die neue Frisur sehe ungemein interessant aus, bizarr und außergewöhnlich, geradezu heroisch, fing ich an zu heulen und schloss mich im Bad ein.

Die verarschten mich doch alle! Mummi bekam Lachkrämpfe und Dad konnte sein Geschwafel auch nicht ernst gemeint haben. Mit aller Gewalt und unserem Fön, den ich auf höchste Stufe stellte, versuchte ich die Monsterfrisur glatt zu kriegen. Nichts zu machen. Meine Haare sahen wie zu lang gekochte Spaghetti mit Dauerwelle aus.

Einfach grauenhaft! Ekel erregend!

Außerdem hatte mein nicht sensationelles, aber doch akzeptables Straßenköterblondbraun einen gelblichen Stich bekommen, dass mir schon vom Hingucken übel wurde. Es blieb mir nichts anderes übrig, als alle Haare zu einem Minidutt zusammenzuwursteln und sie unter einer Baseballmütze zu verstecken.

Immerhin hatte die Sache einen Pluspunkt: Dad versprach mir noch heute meinen Fotoapparat ins Fachgeschäft zu bringen, und falls sich herausstellen sollte, dass sich die Reparatur nicht mehr lohnte, bekäme ich noch diese Woche einen neuen. Das klang doch viel versprechend. Wenn ich schon so unglaublich hässlich aussehen musste, brauchte ich wenigstens die beste Kamera der Welt als Trostpflaster.

Ich hatte mich also gerade wieder eingekriegt und fuhr mit einigermaßen passabler Laune in die Schule, als mich ausgerechnet Helma an mein elendiges Los erinnern musste, indem sie fragte, ob ich mich mit Mütze etwa originell fände.

»Halt bloß den Mund!«, schnauzte ich sie an. Ich war kurz davor einen Schreikrampf zu kriegen.

»Etwa die Dauerwelle?« Helma fing an zu kichern.

»Da gibt's nichts zu lachen. Vor zwei Stunden hätte ich mich fast umgebracht.«

»So schlimm?«

»Schlimmer!«

In der Pause schloss ich mich mit Helma in einer Klokabine ein und zeigte ihr mein Machwerk.

»Ich hab's mir schrecklicher vorgestellt«, meinte Helma ernst. »Am besten färbst du sie rot und machst dir zwei Zöpfe. Dann stehen sie nicht mehr so ab.«

Vielleicht hatte Helma Recht. Was aber nichts daran änderte, dass ich meine Kappe für heute auf dem Kopf behielt. Sicher war sicher.

Trotzdem wurde die Sechste zur absoluten Schreckensstunde. Ich kann nicht gerade sagen, dass ich die Sportstunden bei Frau Helmbrecht jemals gut gefunden hätte, aber was sie heute von uns verlangte, war wirklich der Gipfel der Geschmacklosigkeit.

Alles fing damit an, dass wir uns gemeinsam mit den Jungs in der Halle versammeln mussten, wo die Helmbrecht eine ihrer großen Ansprachen hielt. Da sie ziemlich mopsig und unbeweglich war, zog sie es meistens vor, Reden zu schwingen anstatt irgendwelche Übungen vorzumachen.

Wie wir alle wüssten, verkündete sie feierlich, finde wie jedes Jahr vor den Sommerferien ein großes Abschlussfest statt, bei dem die Schule diesmal aber nicht nur eine Disko und das übliche Rumgehopse veranstalten wolle, nein (drohender Zeigefinger!) – jede Klasse solle sich diesmal kreativ und produktiv und impulsiv und instinktiv (oder so ähnlich) einbringen.

Ein einziges Stöhnen ging durch die Klasse. Klar fanden wir es alle schrecklich, dass wir – wenn es denn schon mal ein Fest gab – auch noch ackern sollten, und zudem auf kreative Weise. Grauenvoll!

Dann kam's – der Gipfel aller Zumutungen: Frau Helmbrecht hatte die segensreiche Idee, dass unsere Klasse, die sie tänzerisch für besonders begabt hielt, eine Pantomime aufführen sollte. Das Stöhnen wurde lauter, einige fingen hysterisch an zu kichern.

Pantomime! Die hatte sie wohl nicht mehr alle! War ich denn wahnsinnig, dass ich lautlos grimassierend vor dem Publikum herumhopste! Niemals! Helma stieß mich an und zeigte mir ihr Verschwörerinnengesicht – linke Augenbraue leicht angehoben, Mundwinkel nach unten.

»Wollen wir uns verdrücken?«, flüsterte sie mir zu.

»Wie denn?«, fragte ich. »Mummi schreibt mir bestimmt nicht schon wieder eine Entschuldigung.«

Ich schielte zu Joscha rüber, der etwas abseits stand und konzentriert an einem Fingernagel knabberte. Natürlich war er auch nach unserem Martensen-Hausaufgaben-Zwischenfall unnahbar wie immer. Kein Zunicken, kein Hallo – als hätten wir uns nie an einem so merkwürdigen Ort getroffen.

»Könnte doch sein, dass uns plötzlich schlecht wird«, meinte Helma.

»Das hätten wir früher einfädeln müssen!«

»… haben wir uns gedacht«, drang inzwischen Frau Helmbrechts Stimme an mein Ohr, »dass wir mit einer Improvisation beginnen.«

»Was sollen wir denn improvisieren?«,

brüllte Hannes, unser Klassensprecher, durch die Halle.

»Jeder von euch hat fünf Minuten Zeit, sich zu überlegen, welcher Gegenstand ihm im Leben sehr viel bedeutet, und den soll er darzustellen versuchen.«

Jetzt ging das Gegacker erst recht los.

»Also, ich nehm dann unsere Badewanne!«, schrie Johanna, während Hannes wissen wollte, ob auch das Klassenbuch gehe.

»Hört noch mal her!« Die Helmbrecht war auf einen kleinen Kasten geklettert. »Ihr könnt jeden beliebigen Gegenstand nehmen, solange ihr einen Bezug zu ihm habt. Auch das Klassenbuch.«

Himmel, Arsch und Hühnermist! Mir blieb wohl nichts anderes übrig, als auch den Namen »Helmbrecht« auf die Wort-Hass-Liste zu setzen.

Ich zupfte Helma an ihrem T-Shirt. Sie hatte den Verschwörerinnenblick abgelegt und war eher kurz davor, in Tränen auszubrechen.

»Was ist denn?«

»Ich kann das nicht! Und ich will das nicht!«

»Ich auch nicht.«

Ehrlich nicht. Lieber wollte ich mich gemeinsam mit Daddys Goldfisch durch den Fleischwolf drehen lassen und als Fischfrikadelle verkauft werden.

Wir standen unschlüssig in der Halle rum, während die anderen schon anfingen ungelenk loszuhampeln und dabei blöd grinsten.

Außer Joscha. Natürlich! Einmal hatte ich den Eindruck, er würde kurz zu uns rüberschauen, aber vielleicht täuschte ich mich auch.

Dann war die Helmbrecht bei uns. Als Erstes wollte sie wissen, ob mir kalt sei. Wegen der Mütze.

»Ich neige zu Erkältungen«, sagte ich. »Besonders bei dieser Witterung.«

Zum Glück war das Thema damit durch und Frau Helmbrecht fragte uns, ob wir schon wüssten, was wir darstellen wollten.

Wir schüttelten den Kopf.

»Du fotografierst doch gern?«

Ich hob teilnahmslos die Schultern. Sie konnte wohl nicht im Ernst annehmen, dass ich es über mich bringen würde, mich in das Innenleben eines Fotoapparates zu versetzen.

»Und du?«

In Helmas Gesicht stand das blanke Entsetzen. Ihre Mundwinkel zuckten kurz, dann rannte sie in Richtung Umkleidekabine.

»Ich seh mal nach ihr«, sagte ich und machte mich ebenfalls aus dem Staub.

Helma saß auf der Bank und zog gerade ihre Sportschuhe aus.

»Du bist ja begnadet«, murmelte ich. »So ein Schauspielertalent hätte ich auch gern.«

»Ich hab nicht geschauspielert.«

»Echt nicht?«

»Ich ertrag's nicht, irgendetwas vor irgendwem darstellen zu müssen. Basta!«

Helma schnaubte einmal kräftig in ihr Taschentuch. Klar hatte sie Recht. Es war unglaublich dämlich, sich zum Beispiel in einen Fotoapparat verwandeln zu müssen. Aber deshalb heulen?

»Ich kann mich nicht vor anderen produzieren. Ich find's schon in der Disko schrecklich.«

Ich nickte. War mir auch schon aufgefallen, dass Helma es selbst bei der irrsten Musik hinkriegte, kein einziges Mal zu tanzen.

Kurz entschlossen ging ich zurück in die Halle und sagte der Helmbrecht, es gehe Helma nicht so gut, ich würde sie nach Hause bringen.

»In Ordnung.« Kein Wort davon, dass ich wiederzukommen hatte. Juhu! Beim Rausgehen bemerkte ich dann, wie sich Joscha auf dem Boden wälzte. Ich blieb mit offenem Mund stehen. Eigentlich hielt ich nicht für möglich, was ich da sah, aber ich hatte doch keine Halluzinationen! Als ich Helma davon erzählte, hob sie nur desinteressiert die Schultern.

»Ist doch Wurscht«, meinte sie.

»Und wieso?«

»Weil er eh ein Idiot ist.«

Okay, vielleicht hatte Helma Recht. Joscha war ein Blödmann und ein Hirngespinst dazu. Genauso gut hätten wir Franz' Grillkohle anhimmeln können.

Bevor wir zu Helma fuhren, kaufte ich im Drogeriemarkt Henna für meine Haare. Das Thema Holzwolle unter der Baseballkappe musste schließlich so schnell wie möglich vom Tisch.

Tom saß in der Küche und verschlang einen chinesischen Eintopf vom Lieferservice.

»Soll ich euch auch was bestellen?«

»Klaro«, sagte Helma.

Ich hatte ebenfalls nichts dagegen.

Während Tom zum Telefon ging, kündigte sie an, dass wir kurz mal das Badezimmer blockieren würden. Er fand das in Ordnung und ich rannte zum Waschbecken, um meine Haare nass zu machen. Helma half mir beim Auftragen der Hennapaste. Ehrlich, ich starb tausend Tode, während das Zeug einwirkte. Wenn mir die Haare nun noch mehr zu Berge stehen würden? Wenn sie mir gleich in Büscheln vom Kopf fielen oder filzig verkletteten!

Während Helma meine Haare über der

Badewanne auswusch, fragte ich mich, was ich eigentlich an dem Joscha-Trottel fand. Ich kannte ihn doch gar nicht, er war mir so fremd wie das Seelenleben eines Computers. Aber vielleicht war es gerade das, was ihn so anziehend machte. Mit den anderen Jungs in unserer Klasse war es so simpel wie mit Computertasten: Man drückte irgendeine Kombination und wusste haargenau, wie sie reagierten. Ctrl+F1: Jetzt kam ein dummer Spruch. Shift+Alt hieß »einen saufen gehen« und so weiter und so fort – an denen war kein bisschen Geheimnis dran.

Helma stellte das Wasser ab und legte mir fachfrauisch ein Handtuch um den Kopf, als hätte sie gerade ihr dreißigjähriges Jubiläum in einem Friseurbetrieb hinter sich. Aber dann … Was dann zum Vorschein kam, war im Prinzip die gleiche Katastrophe – nur in leuchtendem Hennarot! Gott sei Dank war ich seit heute Morgen härter im Nehmen. Mensch, es kam doch auf die inneren Werte an!

Später beim Essen hielt ich mit der linken Hand Helmas Fön, um das Haargebilde oberhalb meines Gehirns so schnell wie möglich trocken zu kriegen.

»Wenn du nicht so viel heiße Luft reinbläst, sieht's aber besser aus.«

»Ich muss gleich rüber«, murmelte ich.

Helma sah erstaunt auf. Normalerweise verbrachten wir die Nachmittage gemeinsam, es sei denn, wir waren gerade verkracht oder jede von uns musste nach Hause, um an ihrem eigenen Himmels- beziehungsweise Fotoprojekt weiterzuarbeiten. Ich hatte jedoch nur Joscha im Kopf, wollte die Sache auf jeden Fall allein über die Bühne bringen. Ich musste zu ihm und noch einmal das Wagnis eingehen, in sein Fenster zu gucken. Bald waren Ferien, und dann blieben mir nur ein paar Fotos, auf denen er als unbedeutende Erbse in einem grauen Suppenmeer herumschwamm.

»Falls du ihm heimlich nachspionieren willst – das kannst du dir abschminken, wir fahren gleich zur Martensen.«

Elegant schlug sie ein Bein übers andere. Ich wusste vor Verlegenheit nicht wohin, hob dann beide Hände hoch und sagte: »Okay. Ich ergebe mich.«

»Kann ich?« Helma organisierte sich den Rest meines China-Eintopfes. »Außerdem hab ich eine viel bessere Idee«, sagte sie mit vollem Mund. »Wir haben doch immer unendlich viel Zeit, wenn Kasi-Hasi pennt. Da könnten wir uns mal ganz in Ruhe in der Martensen-Wohnung umschauen. Vielleicht gibt's ein paar Hinweise auf unseren kleinen Joscha?« Ein gemeines Grinsen huschte über ihr Gesicht. Manchmal kamen bei Helma Züge zum Vorschein, die man ihr einfach nicht zugetraut hätte.

Dann ließ sie abrupt ihren Löffel fallen, rannte ins Bad und kam kurz darauf mit einer Bürste und zwei Haargummis wieder. »Keine Bewegung!«

Sie begann sich durch meine Zotteln durchzuarbeiten, was kein leichtes Unterfangen war. Eher hätte sie es geschafft, mit Kasimirs Breilöffel eine Baugrube für ein Hochhaus auszuheben.

»Was soll's!«, sagte sie und teilte meine Haare rabiat am Hinterkopf auseinander.

»Aua!«, schrie ich, was sie aber keineswegs beeindruckte. In Windeseile flocht sie mir zwei Zöpfe, trat dann einen Meter zurück und betrachtete ihr Werk.

»Super!«

Misstrauisch wie ich war, rannte ich schnell ins Bad und betrachte meine neue Pippi-Langstrumpf-Frisur. Alles in allem nicht übel. Irgendwie machte es mich interessant und geheimnisvoll, als würde ich der Welt Rätsel aufgeben, die zuvor keinem Menschen in den Sinn gekommen waren. Und plötzlich fand ich mich großartig. Unbesiegbar. Mummi hätte gesagt: Kind, du schnappst mal wieder über.

Nachdem wir unsere China-Pappbehälter

im Müll entsorgt hatten, radelten wir zu Frau Martensen.

Ich hatte den Eindruck, sie freute sich regelrecht uns zu sehen, und Kasimir zappelte wie verrückt mit den Beinchen.

Kaum lag er im Bett und die Martensen hatte die Haustür hinter sich zugezogen (sie fand meine Frisur übrigens genial), machten wir uns an die Arbeit. Zwei Frauen – ein Wort.

Okay, ich kam mir beim Herumschnüffeln etwas eklig vor – es ist normalerweise nicht meine Art –, aber hier lag der Fall eben anders. Dies war eine Aufgabe, die wir im Sinne des Wohlergehens der Menschheit zu erledigen hatten, ein geradezu wissenschaftlicher Auftrag, dem wir uns nicht widersetzen durften.

Helma fing in der Küche an, während ich mir den Sekretär im Wohnzimmer vornahm. Der Schlüssel steckte. Ich drehte ihn rum und zog die Lade nach vorn, während gleichzeitig ein Haufen Papierkram auf mich zu rutschte.

»Helma!«, schrie ich. »Hilfe!«

Helma kam kreideweiß angerannt – so schlimm war die Sache nun auch wieder nicht. Ich versuchte den größten Teil der Zettel aufzufangen, während Helma alles aufhob, was trotzdem auf den Boden fiel.

»Mensch, das ist die totale Fundgrube«,

sagte Helma begeistert und fing an den Kram systematisch durchzusehen.

Leider war der Großteil einfach nur langweilig: Kontoauszüge, Zeitungsausschnitte, alte Postkarten, Briefmarken, Einwickelpapier, Paketschnur, Klebeband, haufenweise Schmierpapier – es war zum Verrücktwerden. Erst ganz unten kamen ein paar Fotos zum Vorschein, auf denen meistens die Martensen zu sehen war. Mal in jung, mal in etwas älter; immer trug sie elegante Kleider und lächelte ein strahlendes Perlweiß-Lächeln.

»Komisch, dass nie andere Leute mit drauf sind«, meinte Helma und wühlte sich noch tiefer in den Berg. »Die muss doch mal Freunde gehabt haben oder einen Lover – irgendwas! Wo ist zum Beispiel Kasimirs Vater geblieben?«

Als hätte das Monsterchen sie gehört, fing es in diesem Moment derart an zu brüllen, dass wir unsere Recherchen kurzzeitig unterbrechen mussten. Also rein in die Höhle des Ungeheuers. Helma hob Kasimir wie eine große tiefgefrorene Roulade aus seinem Bettchen, klopfte ihm sanft auf den Rücken. Trotzdem schrie er sich weiterhin die Seele aus dem Leib.

»Hunger kann er nicht haben«, stellte ich fest. »Vielleicht will er einfach bei uns sein.«

»Schon möglich.«

Also nahmen wir ihn mit ins Wohnzimmer und legten ihn auf den Fußboden, wo er auf der Stelle mit dem Brüllen aufhörte. Vor Freude quietschend robbte er in dem Chaos herum, streckte alle viere von sich und spielte Hubschrauber.

»Meinst du, die Martensen hat irgendeine geheime Ordnung, die wir jetzt durcheinandergebracht haben?«, fragte ich Helma.

Sie schüttelte den Kopf, hielt auf einmal inne und guckte mich mit ihrem Kalkeimergesicht an.

Dann hielt sie es mir vor die Nase. Das Foto schlechthin.

Ich fühlte mich, als hätte sich irgendein blödsinniger Fluch erfüllt und mich kurzerhand versteinert. Joscha mit der Martensen Arm in Arm – das konnte nun wirklich nicht wahr sein!

»Mensch!«, sagte ich nur und ließ mich neben Kasimir auf den Boden plumpsen.

»Das ist erst zwei Monate alt.« Helma hatte das Foto umgedreht und hielt es sich dicht unter die Nase.

»Und was heißt das?« Ich war kurz vorm Wahnsinnigwerden.

Als Helma nicht antwortete, fragte ich sie, ob sie das Gleiche denke wie ich.

»Was denkst du denn?«

»Dass die miteinander rummachen.«

»Meinst du echt? Joscha ist ihr Geliebter?«

»Warum denn nicht? Sieht doch klasse aus, die Frau.«

»Puh!«

Helma legte sich neben mich auf den Boden, während Kasimir weiterhin vergnügt Hubschrauber spielte.

Das war ein Schlag, der erst mal verdaut werden musste. Alles schien mir auf einmal sonnenklar. Warum Joscha sich in der Schule stets abseits hielt, wie er es immer schaffte, sich zu verkrümeln, und dann dieses eine vorgeschobene Treffen bei ihm zu Hause nach dem Italiener.

Klar, raffiniert war er! Sich bloß nicht verdächtig machen, was gäbe das für einen Skandal: Joscha Hützl als Lover einer gestandenen Frau und allein erziehenden Mutter – Verführung Minderjähriger!

»Ich halt das im Kopf nicht aus!«, sagte Helma.

»Und ich erst recht nicht!«

Kasimir robbte glückselig um uns herum und wusste nichts von all dem Bösen auf der Welt.

Plötzlich saß Helma senkrecht.

»O nein!«, schrie sie und biss sich auf die Finger ihrer rechten Hand. Ich vermutete bei ihr eine Nervenattacke, die sämtliche normalen Funktionen außer Kraft gesetzt hatte, zögerte nicht lange und rettete Kasimir auf meinen Schoß. Helma grapschte schnell nach seinem Köpfchen, drehte es hin und her.

»Hat er Ähnlichkeit mit Joscha?«, fragte sie mit todernster Miene.

»Du spinnst!« Ich konnte nicht anders und musste lauthals lachen. »Eine Frau wie die Martensen würde niemals mit einem Babyjungen einen anderen Babyjungen machen. Joscha müsste damals grad – Moment mal…, gerade vierzehn gewesen sein.«

»Ich bin auch vierzehn und kein Baby mehr«, sagte Helma beleidigt.

Da hörten wir den Schlüssel in der Tür. In rasendem Tempo rafften wir den Papierkram zusammen, warfen ihn in den Sekretär und schafften es gerade noch rechtzeitig, Kasimir mit einigen »Eideideis« und »Killekilles« und »Bibbelbabbelbus« zu bombardieren. Glückstrahlend und mit roten Kinderbäckchen kam Frau Martensen ins Wohnzimmer. Sie sah tatsächlich ganz schön jung aus.

»Prima macht ihr das!«, sagte sie und nahm Kasimir auf den Arm – begeistert, als hätten wir ihm gerade erfolgreich den Dreisatz beigebracht.

Helma und ich verzogen das Gesicht zu einem gequälten Grinsen und wechselten einen viel sagenden Blick.

Kein Wunder, dass die Martensen so

strahlte. Ein paar schöne Stunden beim Geliebten, das hob doch die ganze Welt aus den Angeln! Jetzt dämmerte mir auch allmählich, warum sie uns nie erzählte, wohin sie ging. Natürlich war sie uns keine Rechenschaft schuldig, aber es war doch das Normalste von der Welt, dass man Sätze sagte wie: »Ich geh einkaufen« oder: »Um zwei muss ich beim Job sein« oder: »Meine Freundin hat heute Geburtstag.« Jedenfalls kannte ich das so von Mummi und Dad.

»Soll ich uns einen Milchshake machen?«

Ich stand auf und schüttelte entschieden den Kopf. »Danke, nein«, sagte ich. »Wir müssen dringend an unsere Hausaufgaben.«

»Aber jetzt sind doch bald Ferien. Läuft da überhaupt noch viel?«

Helma kicherte, während ich mich beeilte zu sagen, dass wir morgen einen Englischtest schreiben würden und übermorgen eine Geschichtsklausur und Mathe sei auch bald dran.

»Wie ihr meint.«

Weg waren wir.

Draußen dackelten wir gemächlich zu unseren Fahrrädern.

»Darf ich mitkommen?«, fragte Helma.

»Wohin?«

»Du kannst mir nicht erzählen, dass du nicht doch noch hinfährst.«

Ich machte ein unbeteiligtes Gesicht. »Hast du nicht zu arbeiten?«, fragte ich sie.

»Ich arbeite an einem Aufsatz über schwarze Löcher. Und zwar nachts.« Helma stieß mich in die Seite.

»Und woher weiß ich, dass du nicht eine hundsmiserable Spionin bist?«

»Ich kann zum Beispiel schneller laufen als du.«

Das klang irgendwie überzeugend. Da war nichts zu machen – Helma hatte gewonnen.

Leider fing es auf dem Weg zur Adamsstraße derart an zu schütten, dass uns beiden fast der Spaß an unserer Aktion verging. Wir parkten unsere Fahrräder in einer kleinen Seitenstraße und ich fragte Helma, ob mir etwa rote Farbe aus den Haaren tropfe.

»Nicht die Bohne.«

Dann klärte ich sie über die Verteilung der Zimmer in der Hützl-Villa auf und schlug ihr vor gleich zu Joschas Fenster vorzustoßen, damit wir kein unnötiges Risiko eingingen.

Als wir leise über die Pforte kletterten, sagte Helma, dass sie plötzlich Gummibeine habe und ob mir das auch so gehe.

»Nein, verdammt!«, raunzte ich sie an. Wäre mir das früher klar gewesen, hätte sie niemals mitkommen dürfen. Leider war es jetzt zu spät.

»Los, hier links!«

Wir schlichen uns am Rosenbeet vorbei und pirschten zu Joschas Fenster vor. Ich duckte mich, kniete mich in die matschige Erde. Von drinnen kam lautes Gezeter, das Fenster stand zum Glück auf Kipp. Trotzdem konnte man keine zusammenhängenden Sätze verstehen, der prasselnde Regen machte uns einen Strich durch die Rechnung. Mit ein paar Gesten bedeutete ich Helma, sie solle bloß da unten im Schlamm hocken bleiben, während ich mich langsam am Sims hochzog und ins Zimmer spähte. Joscha und eine ältere Frau – vermutlich seine Mutter – stritten wie die Verrückten, und während Joscha fieberhaft Klamotten in einen Rucksack schmiss, stand die Frau im Türrahmen und zerknüllte ein Taschentuch.

»... lass mir nichts vorschreiben...«, war das Einzige, was ich aus Joschas Mund vernehmen konnte.

Ich ließ mir ja auch nichts von Mummi und Dad vorschreiben, aber machte ich deshalb gleich so einen Riesenaufstand?

Andererseits – vielleicht hatte seine Mutter die Martensen-Geschichte rausgekriegt. Da war es allerdings kein Wunder, wenn sie ausrastete.

Mensch, Joscha! Warum bist du bloß so blöd und weißt nicht, wie wahre Liebe aussieht! Die Martensen ist hübsch und nett, aber doch keine Freundin für dich. Ich starrte ihn durch die Scheibe an, sah seine Knopfaugen und seinen Teddybärenfellkopf, und dann geschah etwas Seltsames: Als wäre ich völlig von Sinnen, schnellte ich hoch, stand also direkt vorm Fenster, doch das Komische war, ich merkte es selber nicht.

»Pauline!«, zischte Helma und zog mich runter – aber zu spät. Joscha war schon zum Fenster gelaufen, und während er es aufriss, rannten wir wie die Teufel davon. Unverständliche Worte flogen uns nach.

Wir liefen zu unseren Fahrrädern, fuhren im Höllentempo um ein paar Ecken. Irgendwann sprang Helma abrupt vom Rad.

»Du bist total bescheuert!«, schrie sie. Ich sagte nichts und hielt nur mein Knie, mit dem ich gegen die Gartenpforte gestoßen war.

»Du hast eine absolute Meise!« Helma rannte im Kreis und trat gegen meinen Gepäckträger.

Recht hatte sie und ich konnte ihr nicht mal erklären, welcher Hanswurst mich da geritten hatte.

»Und wenn er uns erkannt hat?«

»Hm«, machte ich und merkte, wie sich ein dicker Heulkloß in meinem Hals breit machte. Bestimmt hatte er uns erkannt. Auch wenn meine Haare neuerdings so rot wie ein Feuermelder waren.

»Und du willst eine gute Spionin sein!«

Da fing ich an zu weinen. Es war, als würde der ganze Frust meiner verkorksten Liebe in einem einzigen Schwall aus mir herausschwappen. Alles, was mich noch Minuten zuvor hatte tough sein lassen, floss mit raus und machte mich zu einem mickrigen Häufchen Elend. Das war doch nicht mehr ich! Eher eine Helma in ihren schlechtesten Zeiten. Ich heulte und heulte und wunderte mich, dass ich gar nicht so stark und unfehlbar war, wie ich bislang immer gedacht hatte. Und wenn man's genau nahm, konnte ich mir eigentlich meine ganze Überheblichkeit an meine rot geheulte Nase stecken, die im Übrigen bestimmt wunderbar zu meiner neuen Haarfarbe passte.

Wir schoben unsere Räder ein paar Meter weiter. Ein leichter Nieselregen nebelte uns ein und mir kam das erste Mal seit langem in den Sinn, dass es irgendwann wieder Herbst werden würde. Durchweichte Ledersohlen und Erkältungen – eigentlich ging's mir momentan doch noch ganz gut! Also hörte ich mit dem Weinen auf. Ich konnte es sowieso nicht ertragen, Helma so ratlos zu sehen.

Wir trennten uns mit einem »Tschüs« und »Bis morgen« und wie es Helmas Art war, polterte sie mit dem Fahrrad den Bordstein hoch, als würden ihre Reifen diese Behandlung geradezu lieben. Ich guckte ihr noch eine Weile nach, sah, wie sie im Haus verschwand, dann wuchtete ich mein Fahrrad in den Keller.

Mummi deckte gerade im Esszimmer den Tisch, als ich reinkam. Sie trug ein neues, wild afrikanisch gemustertes Ensemble und hatte ziemlich gute Laune.

»He, Madame! Was ist denn mit dir passiert?«, fragte sie fröhlich.

Ehrlich gesagt wusste ich im ersten Moment gar nicht, was sie meinte. Aber als sie davon anfing, dass meine Haarfarbe geradezu genial zu dem neuen roten Hängerkleidchen passe, das sie in der Kollektion irgendeines XY-Designers entdeckt habe, fiel es mir ein. Ich sah nicht mehr aus wie Pauline von heute Morgen und schon gar nicht mehr wie Pauline von gestern. Immerhin war ich froh, dass Mummi mich ausnahmsweise mal nicht für übergeschnappt hielt.

»Lust auf Antipasti?«, fragte sie. »Ich bin vorhin beim Italiener vorbeigefahren.«

»Nö«, maulte ich. Lieber wollte ich mir ein Mettwurstbrot machen und mich damit faul vor den Fernseher lümmeln.

»Komm schon. Sei keine Spielverderberin.«

»Na gut.« Ich fragte mich zwar, seit wann Essen ein Spiel sein sollte, aber es war ja nichts Neues, dass die Erwachsenen manchmal die abstrusesten Gedanken hatten. Netter hätte ich es gefunden, wenn meine Eltern mal auf die Idee gekommen wären, nach dem Essen den Tisch abzuräumen oder Kartoffeln mit Quark zu kochen, doch das war ihnen vermutlich viel zu primitiv. Aber okay – ich will nicht jammern. Ich hatte an diesem Abend keinen Grund zu jammern!

Denn – o Wunder – eine funkelnagelneue Kamera lag auf meinem Teller und da waren mir die Antipasti doch piepegal!

Stern, Bauchnabel
Schokokuss, Kondom

Ich habe nie begriffen, was es für einen Sinn machen soll, heimlich mit der Taschenlampe unter der Bettdecke zu lesen. Ich meine, sobald die Eltern in ihrem Schlafzimmer verschwunden sind, kann man das Licht doch wieder anknipsen und getrost weiterlesen – kriegt sowieso keiner mit. Schwieriger ist es schon, wenn man wie ich von einer Art Fotografiersucht befallen ist und diesem Drang mitten in der Nacht nachgeben muss. Das Fatale am Knipsen ist nämlich, dass es nicht ganz ohne Geräusche abgeht, und wenn man hellhörige Wände hat und die Eltern auch noch auf die glorreiche Idee gekommen sind, in einer eigentlich großen Wohnung die Schlafzimmer Wand an Wand zu legen, dann muss man davon ausgehen, dass sie so einiges mitkriegen und irgendwann zu später Stunde zu stänkern anfangen. Also, ich finde es überhaupt ein starkes Stück, dass Eltern einen nicht dann arbeiten lassen, wenn man es selbst für richtig hält. Abgesehen davon, dass es das wohl wert ist, einen Vormittag lang müde in der Schule rumzuhängen, wenn man in der Nacht zuvor die absoluten Wahnsinnsfotos gemacht hat.

Genau das hatte ich jedenfalls vor. Nachdem ich etwa zwei Stunden gebraucht hatte, um mit der neuen Technik klarzukommen, ging ich ans Werk. Wenn ich früher in erster Linie leblose Dinge geknipst hatte, so war ich seit meiner Bauchnabelaktion ganz wild darauf, mich selbst vor die Linse zu kriegen, lebendige Dinge zu fotografieren, um sie hinterher in der Vergrößerung leblos aussehen zu lassen. Hierfür kamen in Frage: meine Fingerkuppen, meine Nägel (an die Martensen-Nägel traute ich mich doch nicht ran), meine Füße, Haare auf dem Arm, Helmas Nase (würde ich nachholen) und so weiter und so fort.

Ich fing also an zu knipsen, ich ackerte und ackerte, und dann kam plötzlich der Moment, wo Dad reinschneite und mir mitteilte, er fühle sich durch das Wechseln der Filme akustisch belästigt. Also gut, machte ich das Licht aus und versuchte mich die restlichen paar Stunden bis zum Weckerklingeln einfach mental auf meine fotografische Karriere einzustellen. Es ging nicht. Ich hatte leider Joscha im Kopf und überdies die fixe Idee, er könnte uns erkannt haben.

Am nächsten Morgen um acht war ich dann derart mit den Nerven runter, dass ich

Helma überreden wollte die Schule zu schwänzen.

»Feigling«, sagte sie.

Und ich sagte, schließlich hätten wir doch heute wieder unseren Pantomimekurs.

Das wirkte halbwegs. Helma kniff die Lippen zusammen, so dass sie wie eine Mischung aus Reptil und Kindergärtnerin aussah. »Wir können ja nach der Vierten abhauen«, schlug sie vor.

»Entweder – oder.« Das war mein letztes Wort.

Helma druckste eine Weile rum, meinte dann, es sei nicht so einfach, Tom eine Entschuldigung zu entlocken. Das sah ich ein. Zumal ich nach dieser Nacht mit Sicherheit die gleichen Schwierigkeiten haben würde. Mummi hatte mir meine Kopf- und Regelschmerzen neulich schon nicht abgenommen. Also gingen wir zähneklappernd in die Schule.

Mir wurde ganz komisch, als wir in die Klasse kamen. Ich sah Joschas Rücken an und das Komische verteilte sich bis in meine vom Regen aufgeweichten Turnschuhe. Er drehte sich nicht um – immerhin.

In der Ersten hatten wir Englisch. Die Makkaroni kam in einem wallenden tomatensoßenroten Gewand ins Klassenzimmer gerauscht und orderte mich, wahrscheinlich weil ich sie am nettesten von uns allen ansah, zum Tafelabwischen nach vorne. Als ich aufstand, hörte ich ein paar von uns kichern – natürlich kamen auch die unvermeidlichen Kommentare zu meinen leuchtenden Zöpfen –, aber ich dachte nur daran, dass Joscha mich jetzt höchstwahrscheinlich im Visier hatte. Ich überlegte, wie wohl mein Hintern aussah und warum ich heute nicht mein knielanges Verhüllungssweatshirt trug. Lauter solche idiotischen Gedankensplitter hüpften durch meinen Kopf und die säuerlichen Ausdünstungen des Schwamms stiegen mir in die Nase. Als ich fertig war, drehte ich mich hektisch um, riskierte einen Blick auf Joscha. Der guckte einfach durch mich hindurch. Mit Gummibeinen ging ich an meinen Platz.

Ich überlebte die Stunde. Einmal kam ich mit Vorlesen dran, was mir einigermaßen prächtig gelang, zweimal wusste ich als Einzige eine Vokabel. In der Pause stand ich dann wieder mit zittrigen Beinen im Hof – Helma vertilgte schmatzend ihr Brot – und fürchtete, Joscha könnte plötzlich angeschossen kommen und mich beziehungsweise uns zur Schnecke machen.

»Der ist viel zu feige«, meinte Helma und ich wunderte mich über ihre Coolness. »Vielleicht hat er uns auch gar nicht erkannt.«

Ich hatte keine Lust auf Spekulationen,

mein Herz flirrte. Und als Joscha nach dem Klingeln dicht an uns vorbeispazierte, stand es still.

Keine Reaktion. Nicht mal eine Zehntelsekunde lang streifte uns sein Blick. Joscha tat gelangweilt, dickfellig und abgebrüht. So ging das den ganzen Tag. Bis zur Pantomimestunde…

Wir mit den Jungs und unserer Turnlady in der Halle, Helma und ich abseits, Joscha saß im Gerätebereich auf einem Kasten und ließ lässig die Beine runterbaumeln. Heute stand Gruppenarbeit auf dem Plan. Die Helmbrecht sagte, sie wolle die Teams beliebig zusammenwürfeln, jeweils zwei Jungs und zwei Mädchen, und dann solle die Gruppe überlegen, wie die gewählten Begriffe zusammenhingen und ob man daraus eine sinnvolle Pantomime entwickeln könne. Sinnvoll! Das Wort klang aus ihrem Mund wie eine Drohung. Sinnvoll, pah!

Alles, was man tat, musste sinnvoll sein. Klar war es sinnvoll, wenn ich mir in der Schule den Po lahm hockte, zu Hause sinnvolle Hausaufgaben sinnig durchdachte und wenn ich mich im Pantomimekurs in einen sinnvollen Fotoapparat verwandelte.

Helma und ich drängten uns also aneinander und hofften, dass die Rechnung irgendwie nicht aufgehen und wir als Einzige übrig bleiben würden – ich hatte wirklich nicht die geringste Lust, mich mit zwei Idioten aus unserer Klasse sinnvoll-pantomimisch auseinander zu setzen.

Alles schien glatt zu laufen. Die Helmbrecht teilte ein und teilte ein und wir drückten uns hinter dem dicken Moritz rum, der eine gute Deckung abgab. Hauptsache, sie würde uns nicht auseinander reißen!

Obwohl uns dieser schreckliche Schreck erspart blieb, lauerte in der Halle ein anderer Schreck auf uns. Ein Hyperschreck sozusagen! Da all unsere Klassenkameraden offensichtlich heiß darauf waren, sinnvoll herumzuhampeln, blieben Helma und ich und der dicke Moritz (und natürlich Joscha, der immer noch auf seinem Kasten saß) als Einzige übrig. Hätte Helma nur auf mich gehört und mit mir den ganzen Tag sausen lassen! So waren wir plötzlich eine Gruppe – die absolute Supergruppe, wie ich fand: Moritz, der sich sowieso nicht bewegen konnte und nur blöde Witze riss, Joscha, verstockt wie eh und je (immerhin kam er von seinem Kasten runter), Helma und ich, rotgesichtig und verliebt und voller Angst, dass Joscha eine Anspielung machen würde.

Volltreffer!

Ich drehte mich nach Helma um, die aussah, als wäre sie vor tausend Jahren einbalsamiert worden und heute durch einen dummen Zufall aufgewacht. Derweil kaute ich auf meinen roten Zöpfen rum und überlegte verzweifelt, welchen Gegenstand ich nun eigentlich darstellen wollte. Warum konnte ich nicht einfach ohnmächtig umfallen? Oder wenigstens unvermutet weggebeamt werden! Warum kam nicht meine Mummi in die Halle gerannt, um mich mit irgendeinem neuen Fummel zu beglücken? Wir standen ziemlich bedeppert und ziemlich unkommunikativ und ziemlich voneinander abgewendet herum, nur Moritz plapperte in einer Tour.

»He, Leute!«, kreischte er. »Schlechte Laune? Also, ich geb doch einen super Schokokuss ab!« Dann fing er brüllend an zu lachen und klopfte Joscha derart kräftig auf die Schulter, dass der einen Meter von uns wegtaumelte. Der reinste Horror! Zumal Moritz sich bemüßigt fühlte uns fortwährend zu unterhalten.

»Kennt ihr den schon: Warum dürfen Blondinen keine Mittagspause machen?«, fragte er mit Blick auf Helmas blonden Pferdeschwanz. »Weil man sie danach neu einarbeiten muss.«

Haha, lach, lach! Joscha grinste vielleicht eine tausendstel Sekunde lang und ich empfand es geradezu als Erlösung, die Helmbrecht auf uns zusteuern zu sehen. »Nun mal schnell! Wer stellt hier was dar?«

»Ich bin ein Schokokuss.« Moritz sagte es triumphierend, als hätte er gerade den Friedensnobelpreis erhalten. Helma und ich kniffen die Lippen zusammen.

»Und du, Helma?«

»Ich…«, stotterte sie, brach dann ab und betrachtete ihre Turnschuhe.

»Stern«, flüsterte ich ihr zu.

»Ich bin ein Stern«, sagte Helma, während Moritz und Joscha sich vor Lachen fast in die Hosen machten.

»Das ist nicht komisch«, meinte die Helmbrecht. »Ich finde das eine sehr schöne Idee.«

Dann kam ich dran. Ich war der Ansicht, dass dies sowieso eine Vorstellung war, die auf den Sondermüll gehörte, und sagte ganz spontan, ich würde einen Bauchnabel darstellen.

Wieder grölten die Jungs, aber das perlte merkwürdigerweise wie eingeschlafene Brause an mir ab.

Die Helmbrecht schien die Bauchnabelsache allerdings nicht gutzuheißen – dabei hatte sie doch gesagt, jeder Gegenstand komme in Frage.

Sie nickte nur knapp und ging dann zu Joscha über, der auf ihre penetrante Fragerei hin verstockt mit den Schultern zuckte.

»Der gäbe ’ne tolle saure Gurke ab«, meinte Moritz und wollte sich wieder vor Lachen ausschütten.

Joscha schoss einen kleinen bösen Blick auf Moritz ab und verkündete dann feierlich, er sei ein Kondom.

»Ach ja?« Frau Helmbrecht sah Joscha entnervt an. »Na gut. Dann überlegt euch jetzt mal einen Zusammenhang zwischen den Begriffen.«

Weg war sie.

Stern, Bauchnabel, Schokokuss, Kondom – das war doch nicht zum Aushalten und Joscha im Übrigen auch nicht! Wochenlang spielte er in der Schule den Taubstummen, und wenn’s drauf ankam, markierte er den Helden.

Kondom! Wie überaus originell! Der sprühte ja vor Witz, der Junge! Merkwürdig, aber auf einmal war es, als wäre der Joscha-verzaubert-alle-Mädchen-dieser-Welt-Bann gebrochen.

Er stand vor uns in der Halle mit unverändert süßen Teddybärenaugen, ein bisschen schlaksig, und dünne Handgelenke ragten aus seinem Sweatshirt. Doch irgendwie war er gar nicht mehr der unerreichbare Joscha-Traum und ich hatte fast ein bisschen Mitleid mit ihm.

Das war es auch, was mir die Sprache zurückgab.

»Also los!«, sagte ich und guckte Joscha in die Augen, wie ich es früher nie hingekriegt hätte.

»Etwa ich?« Joscha klang gar nicht mehr nach Mann voll Welt.

Ich kleb dir schon keine, dachte ich, was bist du nur für ein Würstchen!

Da Joscha stumm blieb, schaltete sich Moritz ein. »Also«, meinte er, »ich würde mal sagen …«

»Sag's doch einfach und sag uns nicht, was du sagen würdest«, sagte ich und hatte immer mehr das Gefühl, als würde ich gleich abheben und mit meinem neuen Selbstbewusstsein zum Mond fliegen.

»Hehe, Lady! Nicht so frech!«

»Pah!«, machte ich nur und guckte auf Joscha, der gerade den Mund aufmachen wollte.

»Ich…«, fing er an, aber da platzte Moritz dazwischen und meinte, das Kondom könne sich in den Schokokuss verlieben und auf dem Bauchnabel zum Stern düsen.

»Ich will mich aber nicht in dich verlieben«, meckerte Joscha, was nun mich dazu brachte, fast einen Lachkrampf zu kriegen.

»Und du?«

Helma stand neben mir und hatte ihr Lieblings-Kalkeimer-Gesicht aufgelegt. Ich fand es wirklich an der Zeit, dass sie auch mal

Farbe bekannte statt mich hier allein mit den beiden Deppen hängen zu lassen.

»Mir egal«, sagte sie.

»Wir müssen jetzt aber was auf die Reihe kriegen«, hörte ich mich sagen und ärgerte mich gleichzeitig, dass ich nur aus Verlegenheit so ein Geschwätz zu Stande brachte. Mir war nämlich schleierhaft, wie wir unsere merkwürdige Gruppe auf einen Nenner bringen sollten. Vielleicht tanzten der Stern und der Bauchnabel ein Menuett, während das Kondom den Schokokuss verspeiste? Oder der Bauchnabel zog sich das Kondom über den Kopf, weil der Stern gerade vom Himmel fiel, um den Schokokuss zu zermanschen? Oder die Stunde ging mit unserem Gelaber ganz schnell rum und dann war meine einzige Chance, die ich jemals mit Joscha gehabt hatte, zum Stern geflogen – auf Nimmerwiedersehen!

Verstohlen schaute ich auf die Uhr. Noch knapp fünfzehn Minuten hatten wir zu überleben. Keiner von uns sagte einen Ton. Selbst Moritz hatte seine Witzereißerei aufgegeben, kramte eine Haribotüte aus seiner verbeulten Jogginghosentasche und fing an den bunten Süßkram in sich reinzustopfen.

Das ging eine ganze Weile so, bis die Helmbrecht wieder bei uns war und uns fragte, auf welche Ideen wir gekommen seien.

Ich beguckte mir mit größtem Interesse den Schwebebalken im Gerätebereich und überließ es den anderen, den Mund aufzumachen.

Als keiner von uns etwas sagte, schlug Frau Helmbrecht vor, wir sollten uns entweder neue Begriffe ausdenken oder wie die anderen einfach mit der Improvisation anfangen.

Ich sah mich um und mir wurde fast übel: überall zappelnde Menschen. Die kleine Ulla spielte den lautlosen Urschrei und Anne-Marie stellte genau das dar, was sie war – eine Fleisch fressende Pflanze. Sie schlängelte sich quer durch die Halle und machte dazu kauende Mundbewegungen. Zu solchen Aktionen hatte ich nun wirklich keine Lust; ich wollte nur, dass diese unsägliche Veranstaltung ein Ende nahm.

»Wir improvisieren«, beschloss Moritz, verstaute die Haribotüte in seiner Jogginghose und ließ sich im selben Moment auf den Boden fallen, wo er sich, verzückt grinsend, hin und her rollte.

»Sehr schön«, meinte Frau Helmbrecht allen Ernstes und dampfte wieder ab.

Ich flüsterte Helma zu, wir würden jetzt so tun, als seien wir Stern und Bauchnabel, und zwang sie, sich mit mir auf den Bauch zu legen und den Gummiboden im Einzelnen zu studieren.

»Wir meditieren eben über das Thema ›Ein

Stern und ein Bauchnabel‹«, sagte ich, worauf Helma irrsinnig zu kichern anfing.

Ich stieß sie in die Seite. Joscha saß im Schneidersitz auf dem Boden, reckte beide Arme nach oben und wand sich wie eine Schlange hin und her. Nicht zu fassen! Irgendwie musste ihm die Hampelmannrolle schon beim letzten Mal gefallen haben. Moritz robbte auf ihn zu und fragte ihn, wie man sich denn als Kondom fühle.

»Ziemlich gummimäßig«, meinte Joscha. »Und so dehnbar. Aber ein bisschen zieht's in den Beinen.«

»Der knallt jetzt völlig durch«, raunte ich Helma zu. Moritz schien das nicht zu finden, wollte plötzlich eine ernsthafte Kondomdiskussion mit Joscha führen. So nach dem Motto, Joscha scheine da ja einige Erfahrungen zu haben. Ich bekam Riesenohren. Kasimir! Vielleicht war mal so ein Ding geplatzt und seitdem hatte Joscha ein derartiges Kondomtrauma, dass er gar nicht anders konnte, als sich wie eins zu fühlen.

»Sind nicht so geil, die Dinger«, hörte ich ihn sagen. »Dieser Gummigeruch tötet selbst die Fliegen an der Wand.«

Moritz blähte beide Backen auf, brach dann in johlendes Gelächter aus und haute Joscha mit seinen Pranken auf die Schulter. Ich betete zum Himmel, dass die Turnhallenuhr endlich Mitleid mit mir haben möge. Hatte sie dann auch irgendwann. Ohne mich noch einmal nach Joscha umzudrehen machte ich, dass ich aus der Halle kam.

»Unfassbar«, murmelte Helma beim Umziehen.

»Unfassbar blöd, dieser Typ«, ergänzte ich.

Helma nickte und ich fragte mich, ob jetzt meine Gefühle für ihn abgestorben waren.

Ich glaube, Helma und ich hatten beide keine Lust, den Fall weiter zu diskutieren, jedenfalls schwiegen wir auf der Heimfahrt. Und auch, als wir uns mit Tom Spiegeleier brieten, fuhren wir nicht unsere Sonntagsgesichter aus.

Tom mit seinen Superantennen wollte natürlich wissen, was los sei. So kurz vor den Ferien hätten wir doch eigentlich allen Grund zum Jubeln.

»Jubel du mal, wenn die schillerndste Seifenblase deines Lebens zerplatzt«, sagte ich.

»Jetzt bin ich aber neugierig.«

Ich erzählte kurz die Joscha-Geschichte, ließ allerdings Helmas Begeisterung für den kondomversierten Angeber aus. Ich wusste ja, dass sie sich im Bekennen ihrer Gefühle lieber zurückhielt. Möglich, dass ihr ein derartiges Outing peinlich gewesen wäre.

»Vielleicht ist Joscha gar nicht so blöd, sondern nur unsicher«, meinte Tom.

»Unsicher? Warum?«, fragte Helma.

»Na ja, mit euch beiden Mädchen plötzlich in so einer Gruppe. Und dann noch Pantomime! Ich hätte es früher schrecklich gefunden, mich vor irgendwelchen Mädchen kreativ zu bewegen.«

Hm. Darauf wäre ich nicht gekommen, echt nicht. Aber selbst wenn es so war, fand ich es trotzdem blöd von ihm, sich als Kondom zu verkaufen.

»Redet doch mal mit ihm. Ihr scheint ihn ja überhaupt nicht zu kennen.«

»Wie denn? Der spielt doch immer nur Eisblock.«

»Und ihr?«

»Ich rede nicht mit einem, der nicht mit mir redet«, meinte ich schnell.

»Siehst du! Vielleicht denkt Joscha genau wie ihr. Redet ja keiner mit mir! Was soll ich mich da groß anstrengen!«

»Joscha hat 'ne dreißigjährige Geliebte«, platzte jetzt Helma raus. »Wahrscheinlich ist er sogar Vater.«

»Und woher wisst ihr das?«, fragte Tom.

»Weil du uns zufällig bei seiner Geliebten einen Job besorgt hast und er dort ständig unangemeldet auftaucht.«

»Annegrets Freundin? Unmöglich!« Tom sah aus, als hätte man ihm gerade verklickert, dass Franz ein Radieschen ehelichen wolle.

»Habt ihr Joscha gefragt?« Wir schüttelten etwas verlegen den Kopf.

»Na also!« Tom lachte. »Es gibt tausendundeinen Grund, warum man bei irgendwelchen Menschen auftaucht. Da muss man doch nicht gleich gemeinsam Kinder produzieren.«

Damit ging er aus der Küche.

Helma und ich saßen belämmert da. Vielleicht hatte Tom Recht und unsere Fantasie war in unserer Verliebtheit mit uns durchgegangen.

Ich stand schnell auf und kratzte hektisch die angeklebten Eireste aus der Pfanne. In meinem Kopf war nur noch Chaos angesagt. Joscha ist ein Idiot!, schrien die Zellen der rechten Gehirnhälfte, während die Zellen auf der anderen Seite mich daran erinnerten, was für schöne Augen er hatte. Mist! Trotzdem – Joscha war und blieb ein Blödmann.

Bevor wir zur Martensen fuhren, schmiss ich in einer Vernichtungsaktion alle Fotos weg, auf denen Joscha pünktchengroß zu sehen war. Vom fotografischen Standpunkt aus taugten sie sowieso nichts. Komisch, wie schnell man Gefühle wegschmeißen konnte – als wären sie eine Tüte ranziger Kartoffelchips.

Zum Glück schlief Kasimir wie ein Engel, als Helma und ich ankamen, und wir hatten nichts weiter zu tun als uns in die Küche zu setzen und dafür zu sorgen, dass unsere Spiegeleier im Magen Gesellschaft bekamen. Wir waren gerade so richtig herrlich am Mampfen – Camembert auf Weißbrot –, als es an der Tür klingelte.

»Das Kondom«, sagte Helma und legte ihr Messer in einer Art hin, wie es normalerweise Roboter tun.

»Glaub ich nicht. Und wenn schon! Ist mir doch schnuppe!«

Ich stand auf und öffnete die Tür.

Joscha.

»Was willst du hier?«, fragte ich cool. Ich merkte, wie Helma auf den Flur geschlichen kam.

»Nicht schon wieder ihr Nervensägen!«

Joscha fasste sich an den Kopf, als wäre er einer Ohnmacht nahe, was ich ziemlich unverschämt fand.

»Deine Tussi ist nicht da«, sagte ich, die Patzigkeit in Person.

Joscha glotzte jetzt wie ein leibhaftiger Weihnachtskarpfen im Hochsommer.

»Ihr nervt total, wisst ihr das!« Er drängte sich an uns vorbei und stürmte ins Wohnzimmer.

»Hör mal, du kannst hier nicht so einfach rein.« Ich lief hinter ihm her und rannte dabei fast Helma über den Haufen.

»Kann ich wohl.« Er ging schnurstracks

zum Sekretär, öffnete ihn und wühlte darin herum. »Wenn ihr in meinem Garten rumkriechen könnt, kann ich das hier schon lange.«

Mein Blut schwappte in einem Rutsch in die Füße.

»Was hattet ihr da eigentlich zu suchen?« Er packte so plötzlich den Kragen meiner Bluse, dass ich jetzt diejenige war, die fast in Ohnmacht fiel. Er ließ mich aber im selben Moment wieder los.

»Ich, ich meine, wir waren auf Motivsuche…, für einen Film.«

»Ach, du drehst Filme?« Joscha wollte sich kaputtlachen. »Find ich wirklich genial. Der Bauchnabel dreht einen Film!«

»Mein Vater ist bei einer Filmfirma«, sagte ich schnell, um noch zu retten, was zu retten war.

»Und mein Vater ist der König von Schleswig-Holstein.« Joscha wühlte weiter in dem Sekretär, Zettel und Fotos und Schreiben purzelten auf den Boden.

Ich fand, das ging wirklich zu weit. Selbst wenn Joscha hier als Lover ein und aus ging, hatte er bestimmt nicht das Recht, in Frau Martensens Sachen zu wühlen. (Dass wir das Gleiche getan hatten, war natürlich und selbstverständlich und überhaupt etwas völlig anderes!)

»Du lässt das jetzt mal sein«, schnauzte ich Joscha an. »Das ist nicht dein Schreibtisch.«

Joscha ging auf die Knie, wühlte den Haufen noch einmal durch, grapschte sich ein Foto mit einem schielenden Dackel drauf und rannte zur Tür. Ich hinterher. Wie durch eine Mauer hörte ich Kasimir brüllen und packte Joscha am Ärmel.

»Zicke!«, brüllte er, riss sich los und hastete die Treppe hinunter.

Dann passierte alles gleichzeitig: Ein Poltern, ein Schrei, Kasimir brüllte, ich stürzte die Treppe runter, Joscha lag auf dem Absatz im ersten Stock, wimmerte und hielt sich den Fuß. Als ich mich neben ihn hockte, sah ich, dass ihm Tränen in die Augen schossen.

»Meinst du, er ist gebrochen?«, fragte ich.

»Keine Ahnung. Tut sauweh.«

»Ich geh schnell einen Arzt rufen«, sagte ich und richtete mich wieder auf.

»Wehe!« Joscha schrie dieses eine Wort so laut raus, dass ich einen Mordsschreck kriegte. Unter Stöhnen rappelte er sich hoch und krallte sich am Geländer fest. Dann hopste er auf einem Bein eine Stufe runter.

»Wo willst du hin?«

Er antwortete nicht, nahm die nächste Stufe in Angriff. »Hör mal, du kannst doch so nicht auf die Straße.«

»Ich kann alles, was ich will.«

Idiot, dachte ich nur und verstellte ihm den Weg. Joscha sah mich feindselig an.

»Kannst du nicht endlich aus meinem Leben verschwinden? Warum mischst du dich bloß in alles ein?«

Ich schluckte zweimal. Immerhin hatte ich Joscha heute Morgen noch geliebt und so was ließ ich mir nicht gern sagen.

»Dann geh von mir aus dahin, wo die Kondome wachsen«, sagte ich ganz ruhig, drehte mich auf dem Absatz um und lief nach oben. Joscha war wirklich ein Oberarsch, dem einfach nicht zu helfen war.

Helma versuchte immer noch Kasimir ruhig zu kriegen, was ihr trotz Fernseher nicht gelang. Ich musste erst mal kurz heulen, bevor ich ihr berichtete, was vorgefallen war.

»Komisch, die Sache mit dem Foto«, meinte Helma und tätschelte Kasimirs Specknacken. »Wozu um Himmels willen braucht der dieses Dackelfoto?«

Ich zuckte mit den Schultern. Joscha war eben ein Idiot mit sieben Siegeln.

Kurz darauf klingelte es wieder an der Tür. Ich guckte durch den Spion – niemand zu sehen. Als ich öffnete, hörte ich Joscha von unten rufen.

»Ich glaube, ich spinne«, sagte ich zu Helma und rannte die Treppe in einem Affenzahn runter. Unten stand Joscha storchenmäßig auf einem Bein und machte ein jämmerliches Gesicht.

»Ist was?«, fragte ich kühl. »Noch ein Dackelfoto vergessen?«

»Nicht direkt.«

»Was denn?« Ich kam mir vor wie die Männer mordende Diva in irgendeinem Hollywood-Schinken.

»Ich kann nicht auftreten!«, jammerte ein Joscha, der kleiner als ein Gummibär war.

»Und was hab ich damit zu tun?«

»Kann ich kurz mit dir reden?«

Ich nickte teilnahmslos, während mein Herz durchdrehte. »Oben? Hier?«

»Hör mal, ich kann mit diesem Fuß nicht weiter und ich will da auch nicht rauf.« Joscha drängte mich zu den Briefkästen.

»Wieso nicht?«

»Kann ich dir nicht sagen.« Er stand jetzt so dicht vor mir, dass ich seinen Atem auf meinem Gesicht spürte. »Kennst du irgendjemanden, bei dem ich für ein paar Tage unterkommen kann?«

»Ich glaube, ich versteh nicht.«

Fast hätte ich gesagt, er schlafe doch sonst auch in diesem netten Einfamilienhaus mit hübscher Wohnzimmergarnitur und was ihn denn plötzlich daran störe. Stattdessen fragte ich, warum er sich nicht einfach ein Taxi nehme und nach Hause fahre.

»Kannst du dichthalten?«

»Und was ist mit Helma?«

»Okay, aber nur Helma. Keine Dritten.«

»Gebongt.« Ich hob zwei Finger zum Schwur.

»Ich gehe nicht nach Hause zurück, weil ich abgehauen bin.«

Ich schluckte. Vielleicht deshalb das Gezeter mit seiner Mutter neulich.

»Und was willst du hier, wenn du eigentlich am Abhauen bist?«

»Was holen eben.«

Ach so. Klang wirklich logisch und durchdacht. Um abzuhauen, brauchte Joscha natürlich ein Dackelfoto seiner Geliebten, schon klar.

Ich schaute ihn an, meinen Paprikahelden, aber er erwiderte meinen Blick nicht. Es war alles so wirr und seltsam und Joscha war überdies eine Kanone im Idiotisch-Sein und trotzdem hatte ich das blöde Gefühl, dass ich ihm irgendwie helfen musste. Solche Momente kamen bestimmt nicht oft im Leben: dass man keine andere Wahl hat als sich auf die Seite eines Menschen zu schlagen, obwohl man ihn eigentlich längst abgehakt hat.

In meinem Kopf ratterte es. Unmöglich, Joscha bei uns zu Hause zu verstecken. Da würden Mummi und Dad nie mitspielen. Andererseits – so wie die mit sich selbst beschäftigt waren, würden sie es vielleicht nicht mal mitkriegen, wenn ein Junge über ihren Flur humpelte und seine Zahnbürste in meinen Becher steckte. Trotzdem nein.

Und Tom und Franz? Die waren doch um einiges härter im Nehmen.

»Moment mal«, sagte ich und raste die Treppe rauf.

Helma saß unverändert mit Kasimir auf dem Fußboden. Ich klärte sie kurz über den Sachverhalt auf und fragte sie, ob wir Joscha nicht bei ihr zu Hause unterbringen könnten.

»Wie stellst du dir das vor?«

»Im Schrankzimmer.«

»Tom und Franz würden doch sofort Joschas Eltern anrufen.«

»Wäre zumindest einen Versuch wert.«

»Aber die Martensen …«

»Eine von uns muss natürlich jetzt gleich mit ihm hinfahren.« Mensch, war Helma manchmal schwer von Begriff. »Ich oder du?«

»Du.«

Ich nickte, und bevor ich wieder die Treppe runterrannte, beauftragte ich Helma ein Taxi zu rufen.

»Wir fahren zu Helma«, sagte ich unten zu Joscha ohne auch nur einen Funken Schiss im Magen zu fühlen. »Hast du Geld für ein Taxi?«

Joscha wühlte aus seiner zerbeulten Hosentasche einen Zwanzigmarkschein. »In meinem Rucksack ist auch noch was.«

»Das reicht schon.«

Stumm warteten wir die fünf Minuten, bis das Taxi kam. Irgendwie hatte ich gehofft, dass Joscha langsam mal mit der Sprache rausrücken würde, aber offensichtlich war er immer noch nicht aus seinem Schweigeorden ausgetreten.

Im Taxi puffte ich ihn in die Seite. Er guckte mich mit traurigen Augen an. Seine Mundwinkel hatte er nach unten gezogen.

»Und?«, fragte ich leise.

»Was?«, gab er genauso leise zurück.

»Musst schon sagen, was los ist.«

»Mädchen plappern doch immer alles aus.«

Ich drehte mich beleidigt weg und schaute aus dem Fenster. Wenn das seine Meinung war, konnte er mir eigentlich gestohlen bleiben.

»Dann mach doch mit Moritz gemeinsame Sache und nicht mit uns«, sagte ich zu den vorbeifliegenden Häusern.

»Sorry.«

Jetzt kriegte ich einen Knuff von Joscha in die Seite – es fühlte sich an, als hätte er mich unter romantischem Sternenhimmel geküsst.

»Wo fahren wir eigentlich hin?«

»Zu Helmas Vater und seinem Freund«, sagte ich und schielte Joscha an, der starrgesichtig seine Hände ineinander krallte.

»Muss das sein?«, fragte er.

»Hast du 'ne bessere Idee?«

»Verpfeifen die mich nicht?«

Ich schüttelte den Kopf ohne wirklich sicher zu sein. Zwar hielt ich Tom und Franz nicht für Menschen, die nur auf Regeln bestanden, um eben auf Regeln zu bestehen, andererseits würde ich es verstehen, wenn sie Joschas Eltern informierten. Und unter uns gesagt fand ich seine Abhau-Idee ziemlich kindisch. Joscha war doch nicht mehr zwölf.

Doch natürlich hielt ich meine Klappe. Erstmal musste ich rauskriegen, was Sache war, und das ging offensichtlich nicht mit Druck.

Also stützte ich mich ganz cool auf die Armlehne und schaute weiterhin nach draußen. Joscha ruckelte neben mir unruhig hin und her. Dann beugte er sich zu mir rüber und fragte mich wieder im Flüsterton, was ich denn von ihm wissen wolle.

»Warum du abhaust.«

»Ich halt's in diesem Knast nicht mehr aus.«

»Knast?«

»Ja, bei mir zu Hause«, sagte Joscha patzig.

»Warum nicht?«

»Die lassen mich nie in Ruhe. Wollen mir

immer ihren konservativen Scheiß aufzwingen. Schule, Abi, später irgend 'ne Ausbildung.«

»Ist doch nichts Besonderes«, sagte ich. »Das wollen die meisten Eltern.«

»Ich will aber nicht, dass sie was von mir wollen, was ich nicht will.«

»Was willst du denn?«

»Musiker werden«, kam es wie aus der Pistole geschossen. »Ich geh nach Holland.«

Mensch, bist du naiv, Junge, dachte ich, das will so ungefähr jeder Typ. Und dann kloppen sie ein, zwei Jahre auf irgendeiner E-Gitarre rum und später, wenn sie mit ihren Schlipsen hinter ihren Büroschreibtischen sitzen, sagen sie: Ich hatte mal eine ganz wilde Jugend, ich war mal Musiker. Total albern.

»Bist du in einer Band?«

»Ich komponiere und singe und spiele Gitarre.« Er sah mich kurz an und seine Pupillen flatterten unruhig hin und her. »So für mich allein.«

»Aber dafür musst du doch nicht abhauen«, sagte ich und kam mir vor wie meine eigene Mummi.

»Muss ich eben doch.«

Na, von mir aus, dachte ich. Jedem das Seine und den Jungs ihre Träume. Lächerlich!

»Was ist mit dem Dackelfoto?«

»Ist 'ne Erinnerung an meinen zehnten Geburtstag.«

Ich verstand nur Bahnhof.

»Und die Martensen?«, fragte ich in einem plötzlichen Anflug von Kühnheit.

»Was soll mit der sein?«

»Ich meine, bist du…«

Joscha sah mich unbeteiligt an. »Ja?«

»…Kasimirs Vater?« Es war raus und ich fürchtete, dass mein Gesicht wie ein roter Wackelpudding aussah. Im gleichen Moment fing Joscha brüllend an zu lachen. Er lachte und hatte Tränen in den Augen und zwischendurch schrie er immer wieder »aua!« und hielt sich seinen Fuß. Ich kapierte gar nichts mehr und schaute ihm nur fassungslos bei seinem Gegacker zu. Joscha kriegte sich erst wieder ein, als das Taxi in unserer Straße hielt und ich dem Fahrer den Zwanzigmarkschein reichte.

»Zweiundzwanzig«, sagte der Taxifahrer.

Ich kramte die restlichen zwei Mark aus meiner Hosentasche, stieg aus und lief schnell ums Taxi, um Joscha beim Aussteigen zu stützen. Er roch leicht nach Schweiß und irgendwie nach Hamburgern.

»Kasimir ist mein Bruder«, sagte er dann und fing wieder an zu lachen, dass sich der Bürgersteig bog.

Demolierter Luftballon

Ich glaube, so richtig verstanden habe ich die Sache erst sehr viel später. Als Sommerferien waren, als ich nichts mehr mit doofen Pantomimekursen zu tun hatte und meine Dauerwelle schon ein ganzes Stück rausgewachsen war. Als der Spätsommer glühend heiß über die Stadt herfiel und Helma plötzlich anfing für den dicken Moritz zu schwärmen. Aber egal...

Ich stand also mit Joscha auf der Straße und hatte da, wo normalerweise mein Gehirn im Kopf sitzt, nur ein riesiges schwarzes Loch.

Kasimir war Joschas Bruder – wie konnte das sein? Joscha hätte in diesem Moment alles Mögliche behaupten können. Dass er eigentlich ein Staubsauger sei und nur in der äußeren Hülle eines Menschen auf der Erde herumspaziere (das hätte Frau Helmbrecht gefallen!) oder von mir aus auch der uneheliche Sohn der Makkaroni – es wäre mir gleichermaßen absurd erschienen.

Ich versuchte es mit logischem Denken – was mir angesichts meines fehlenden Gehirns natürlich ziemlich schwer fiel. Wenn

Kasimir Joschas Bruder war, dann hieß das nichts anderes, als dass Frau Martensen seine Mutter war. Aber das konnte doch nicht angehen. Angenommen, die Martensen war wirklich so um die Dreißig, dann musste sie Joscha in meinem Alter gekriegt haben – unmöglich!

»Hör auf mich zu verarschen«, sagte ich.

»Ich verarsch dich nicht.«

Joscha sagte das so treuherzig, dass man ihm nur glauben konnte. Während ich ihn zu Toms und Franz' Wohnung dirigierte, beschloss ich es mit einer systematischen Befragung zu versuchen.

»Wie alt ist die Martensen?«

»Vierzig«, kam es wie aus der Pistole geschossen. »Hör mal, müssen wir da wirklich rauf?«

»Ich denke, wir sollen dir helfen.«

»Ja, aber…«

Weiter kam Joscha nicht, weil ich ihn bereits auf den Hinterhof zu den Mülltonnen zerrte. Wahrscheinlich kamen wir in der Sache am ehesten weiter, wenn ich sie erstmal allein in die Hand nahm.

Ich drückte Joscha auf den Steinvorsprung einer Kellertreppe und sagte ihm, dass ich nie im Leben glauben würde, dass die Martensen schon vierzig sei.

»Das ist sie aber. Seit dem dreiundzwanzigsten Mai. Kannst ja in ihrem Ausweis nachsehen.«

»Und weiter?«

»Meine Mutter war noch im Studium, als sie mich gekriegt hat. Bin deshalb bei meinem Vater aufgewachsen.« Er betrachtete angestrengt seine Schuhe. »Und bei seiner Dooffrau«, fügte er mürrisch hinzu.

Okay. Ging ich mal davon aus, dass Joscha die Wahrheit sagte, dann war seine Stiefmutter vermutlich der Grund, warum er abhauen wollte.

»Was ist denn mit der Dooffrau?«, fragte ich ihn.

»Sie kann mich nicht ab.«

»Und warum nicht?« Meine Güte war der Brei zäh, den ich ihm aus der Nase zu ziehen versuchte.

»Meine Mutter war damals Papas Geliebte. Mit der Dooffrau war er schon verheiratet.«

Ach du jemine! Jetzt wurde mir einiges klar. Die böse Stiefmutter, die den armen kleinen Kuckucks-Joscha erst aufnimmt und dann zur Schnecke macht. Hörte sich ziemlich nach Märchen an. Und wenn dem so war, warum zog Joscha es nicht vor, zur guten Martensen-Fee zu gehen? Warum wollte er unbedingt hinaus in die böse weite Welt?

Als ich ihn das fragte, sah er mich eine Sekunde lang ganz komisch an und mir rieselte ein kleiner Eisbach den Rücken hinunter.

»Weil... Mensch... Kein Geld, 'ne kleine Wohnung, jetzt hat sie auch noch das Baby an der Backe.« Er verschluckte sich fast. »Meinst du, da drück ich mich ihr auch noch aufs Auge?«

Ich hätte gern gefragt, wo sie Kasimir denn schon wieder herhatte, ob das auch so ein Geliebtenprojekt war, aber ich traute mich nicht. Ich wühlte eh schon wie verrückt in Joschas Intimleben rum – komisch, wo wir gestern quasi noch Fremde waren.

Da kam Helma um die Ecke gedüst. »Mensch, wo seid ihr denn!«, brach es aus ihr hervor. »Ich war schon oben, aber Tom sagte, du wärst gar nicht hiergewesen. War das blöd, der Martensen klarzumachen, weshalb du nicht mehr da warst. Hab ihr gesagt, dir sei schlecht geworden, nicht dass du das vergisst...«

Helma hörte abrupt auf zu sprechen und schaute auf uns. Ich fragte mich, wie das wohl aussah, Joscha und ich einträchtig auf dem Mauervorsprung und unsere Schultern berührten sich.

»Okay, gehen wir rauf.«

Wir nahmen Joscha in die Mitte und halfen ihm beim Treppen-Hinaufhumpeln.

»Am besten reden Helma und ich erst mit

Tom und du wartest in Helmas Zimmer«, sagte ich zu Joscha, als Helma die Tür aufschloss.

Ohne seine Antwort abzuwarten verfrachteten wir ihn in Helmas Zimmer. Draußen auf dem Flur flüsterte ich Helma zu, ich müsse sie dringend allein sprechen.

»Okay.«

Wir verschwanden im Badezimmer und schlossen die Tür hinter uns zu. Ich hockte mich auf den Klodeckel und erzählte Helma das Märchen von der guten Martensen-Fee und der bösen Stiefmutter. Helma machte Riesenaugen.

»Puh!« Mehr brachte sie nicht raus.

»Glück für uns.«

»Ich dachte, du findest ihn nicht mehr gut.« Helma klang säuerlich.

»Tu ich auch nicht. Das heißt…« Ich scharrte mit den Füßen auf dem schwarzweißen Kachelboden. »Er ist eben nicht mehr der rosarote Luftballon.«

»Ach!« Helma hatte plötzlich überall Pusteln im Gesicht. »Große Bekenntnisse, oder was?«

»Mensch, Helma!«

»Ist doch wahr! Ich darf mich mit dem Balg abrackern und du schleimst dich bei Joscha ein.«

Helma rannte hektisch die fünf Quadratmeter auf und ab, während mein schlechtes Gewissen bis in die Zehenspitzen kroch. Irgendwie hatte sie ja Recht. Asche auf mein mieses Egoistenhaupt!

»Hör mal«, sagte ich und fuhr so schnell hoch, dass mir schwindlig wurde. »Wir sollten uns jetzt erst mal Tom vorknüpfen.«

»Wie stellst du dir das vor?«

»Keine Ahnung.«

Mir wurde immer klarer, in was für eine beknackte Situation wir uns da laviert hatten.

Tom und Franz als Seelenklempner für ein ganzes missratenes Joscha-Leben?

»Ich werde jetzt mit Tom reden«, sagte Helma, »und du gehst so lange zu Joscha, okay?«

»Bist du dir sicher?«

»Absolut.«

Komisch, diese Helma. Manchmal war sie wirklich für Überraschungen gut. Ich lief also zu Joscha rüber, der wie ein Häufchen Elend auf Helmas karierter Bettdecke saß und sich den Fuß hielt.

»Meinst du, er ist gebrochen?«, fragte ich.

»Angeknackst vielleicht.«

Danach war Schweigen angesagt. Ich ging ans Fenster und schaute auf unseren Häuserblock. Von hier aus konnte ich unser Küchen- und das Klofenster sehen.

Plötzlich stand Joscha auf und humpelte zur Tür.

»Wo willst du hin?«

»Ich geh besser.«

Er drehte sich um und sah mich aus seinen Teddybärenaugen an. Ziemlich glasig. Als würde er gleich zu heulen anfangen.

»Holland?«

»Du hast es erfasst.«

Ich zeigte Joscha einen Vogel, machte mir aber nicht die Mühe, ihn aufzuhalten. War doch klar, dass er sowieso gehen würde.

»Ehrlich, wir haben deinetwegen genug Theater veranstaltet«, sagte ich. »Ich find's echt daneben, dass du jetzt abhaust.«

Joscha ließ sofort die Klinke los und humpelte zurück aufs Bett.

Weichei!

»Dieser Helma-Vater ist auch nur ein Vater wie jeder andere«, sagte Joscha.

»Quatsch!«

Ich schaute wieder nach draußen, lauschte gleichzeitig, ob sich was auf dem Flur tat. Alles ruhig, nur Joschas leises Röcheln auf dem Bett. Manchmal dachte ich, jetzt guckt er dich an, aber ich wagte es nicht, mich umzudrehen.

»Kann ich dich mal was fragen?«, sagte ich in die Stille hinein.

»Wenn's nichts Privates ist.«

»Haha.«

»Na gut, von mir aus.«

»Also«, ich drehte mich um und fixierte ihn, »warum redest du eigentlich nie mit uns? Und mit den anderen aus unserer Klasse?«

Die Frage schien Joscha zu überrumpeln. Er zuckte mit den Schultern, fast unmerklich, dann färbte sich sein Gesicht schweinchenrosa.

»Geht mir eben am Arsch vorbei«, sagte er schnell und scharf, woraufhin ich laut zu lachen anfing.

»Findest du das so lustig?«

»Nee, aber pubertär.«

Joscha wich meinem Blick aus und ich würgte ihm noch rein, es könne ja wohl nicht angehen, dass einem dreißig Leute zugleich am Arsch vorbeigingen.

»Na, du hast ja den Durchblick.«

Im gleichen Moment platzte Helma ins Zimmer, Tom im Schlepptau.

»Du bist also Joscha«, sagte Tom.

Joscha nickte brav.

»Brauchst du einen Arzt?«

Kopfschütteln.

»Wenn ihr mich mal mit ihm allein lassen würdet.«

»Wie – wir beide?«, fragte ich verdattert.

»Ja genau.«

»Ach so.« Damit hatte ich nicht gerechnet.

Also setzten Helma und ich uns notgedrungen in die Küche.

»Hast du nichts zum Knabbern da?«, maulte ich.

»Tom kriegt das schon hin.«

Helma ging an den Küchenschrank und kramte eine angebrochene Tüte Chips hervor.

»Ich will aber was Süßes.«

»Mensch!« Helma ließ sich auf ihren Stuhl plumpsen und fing aus heiterem Himmel an zu weinen. Das war nun wirklich der Gipfel!

»War nicht so gemeint«, sagte ich schnell. »Chips sind auch okay.«

Das schien Helma allerdings nicht zu beeindrucken. Sie heulte in einer Tour weiter.

»He, was ist denn?«

»Ach, nichts.« Sie schnaubte ein paar Mal in ihr Taschentuch und sah mich dann an, als wäre überhaupt nichts vorgefallen.

Ich aß ein paar pappige Chips, sagte dann, sie solle keinen Mist erzählen, schließlich heule man nicht so einfach aus heiterem Himmel.

»Ach!« Helma machte eine abwertende Geste. »Kleiner Gefühlsausbruch.«

»Und warum, wenn man fragen darf?«

»Darf man nicht.« Helma langte jetzt auch in die Tüte, spuckte die angeweichten Chips aber sofort wieder aus und behielt sie in der Hand.

»Du bist ’ne blöde Kuh«, sagte ich.

»Und du ’ne alte Ziege!«

»Und du ’n Arschgesicht mit Segelohren!«

»Und du ’ne dickhintrige Monsterkuh!«

So ging das eine Weile weiter, bis wir beide nicht mehr konnten und in Lachen ausbrachen.

Dann wurde Helma auf einmal wieder ernst und sagte, dass Joscha immerhin zwei Mütter habe.

»Na, hör mal, du hast doch auch eine Mutter. Und dazu noch zwei Väter!«

»Ja, stimmt.«

Ich fand, es war irgendwie der richtige Zeitpunkt, sie wieder mal zu fragen. Warum sie keinen Kontakt zu ihrer Mutter hatte und so.

Helma machte ihren Mund zu einem Schlitz, bevor sie antwortete. Dann kam alles ganz schnell raus, haspelige Wörter, die ich erstmal in einen Zusammenhang bringen musste. Soweit ich sie verstand, hatte es damals Riesenzoff gegeben, als Tom seinen ersten Lover angeschleppt hatte. Die Mutter war Hals über Kopf aus der Wohnung raus und hatte sich bis zum heutigen Tag nicht eingekriegt.

»Warum hat sie dich nicht mitgenommen?«

Helma öffnete ihre Hand und starrte den

Chipsbrei an. »Ich weiß es nicht«, sagte sie. »So ein widerliches Zeug…«

»Und Tom? Hat er dir nie was erklärt?«

»Doch. Klar. Angeblich hat meine Mutter getrunken.« Ich wusste nicht, was ich dazu sagen sollte. Helma tat mir plötzlich entsetzlich Leid.

»Gibt's irgendeine Adresse von ihr?«

»Glaub schon.«

»Dann schreib ihr doch.«

»Denk nicht dran.«

»Ich finde, du solltest es tun«, sagte ich und hielt mich für ziemlich heroisch. Den ganzen Tag schon diese Therapeutinnengespräche! Das ließ mich beinahe vergessen, dass Joscha kein rosaroter Luftballon mehr war. Plötzlich stand Helma auf und fing an sämtliche Küchenschränke zu durchwühlen.

»Mist! Tatsächlich keine Schokolade!«

»Ach, ich will gar keine mehr«, sagte ich und fühlte eine komische Traurigkeit in mir hochsteigen.

»He, Leute! Deckt schon mal den Tisch, ich ruf den Pizzaservice an.« Tom steckte kurz seinen Kopf durch die Tür.

»Na, der hat ja gute Laune«, meinte Helma.

Joscha tauchte hinter ihm auf. Er machte den Eindruck, als hätte er gerade erfolgreich an einem Psychoseminar zum Thema ›Wie baue ich meine Verkrampfungen der letzten sechzehn Jahre ab?‹ teilgenommen. Rote Bäckchen, verwuschelte Haare und ein Grinsen zum Verlieben – die Aussicht auf Pizza konnte nicht allein der Grund sein.

»Tut dein Fuß noch weh?«, fragte ich mit ungewollt piepsiger Stimme. Merkwürdig, aber meine Selbstsicherheit von vorhin im Taxi war wie weggeblasen.

»Setz dich hier hin«, herrschte Helma Joscha an und zeigte auf den Küchenstuhl in der Ecke. Wie die Makkaroni. Hätte ich ihr gar nicht zugetraut. Stumm holte sie Teller aus dem Schrank, während ich mich an der Schublade zu schaffen machte und elendig lange brauchte, um fünf vollständige Bestecke rauszukramen. Scheiß Nervosität. Und ich dachte, ich wäre mit dem Thema ›Rosaroter Luftballon‹ durch!

Schon merkwürdig, aber keiner von uns dreien brachte innerhalb der nächsten Minuten auch nur ein einziges Wort raus. Hätte in der Schule nicht schöner sein können. Und wenn Franz nicht in die Küche geplatzt wäre, wer weiß, wie lange wir uns noch umeinander herumgedrückt hätten.

»Hallo, Freunde!«, rief er. »Ah, hoher Besuch…«

»Das ist Joscha aus unserer Klasse«, sagte Helma mit drohendem Unterton, während

Franz der Mund offen stehen blieb und ich betreten den Fußboden studierte. Bestimmt war bei ihm der Groschen gefallen.

»Na ja, dann«, sagte er nur und ich fragte mich, wo seine ganze Schlagfertigkeit geblieben war.

Gott sei Dank klingelte es fast im selben Moment, der Pizzaservice, und kurz darauf stand Tom in der Küche, einen Haufen Pizzakartons unter den Arm geklemmt.

»Na, Schatz!« Er düste auf Franz zu und drückte ihm, ohne die Pizzakartons loszulassen, einen dicken fetten Schmatz auf den Mund. Joscha glotzte.

»Unser Gast übernachtet heute bei uns«, ließ er dann verlauten. Und zu Joscha gewandt: »Ich habe deinen Eltern Bescheid gegeben.«

»Und?« Joscha hatte plötzlich verdächtige Helma-Flecken am Hals.

»Ist schon okay.« Tom knallte die Kartons auf den Tisch. »Allerdings solltest du morgen zurückgehen. Und vor allem mit deinem Fuß zum Arzt.«

Jetzt wollte Franz wissen, was eigentlich Sache war, und Tom erzählte ihm eine Kurzfassung der ganzen Geschichte. Wie er es allerdings hingekriegt hatte, Joscha zu überzeugen, dass es besser war, bei ihm zu Hause anzurufen, und außerdem dessen Eltern zu belabern, dass ihr Sohn heute Nacht hierblieb, sollte ein ewiges Rätsel bleiben.

Männergeheimnisse, bäh! Obwohl ich eigentlich keinen Hunger hatte, stürzte ich mich auf eine Champignon-Schinken-Pizza.

Wenn man den Mund voll hat, braucht man wenigstens nicht viel zu sagen.

Das Reden erledigten im Übrigen sowieso die Männer. Nachdem Tom eine Weinflasche entkorkt und Franz ein Glas getrunken hatte, fing er erst gut gelaunt mit dem Sprücheklopfen an, drehte immer mehr auf und schaffte es irgendwann nicht mehr, die Notbremse zu ziehen. War auch nicht nötig, denn Joscha erwies sich als idealer Zuhörer und Mittrinker. Er schlug sich in regelmäßigen Abständen auf die Schenkel, und ganz im Ernst – ich glaube, Tom und Franz waren richtig froh, dass sich zu uns weiblichen Gänsen mal männliche Verstärkung gesellt hatte.

Ich fand's offen gestanden ziemlich grässlich. Zum einen wurde ich von Sekunde zu Sekunde eifersüchtiger (man stelle sich vor, Joscha würde sich in Helmas Zweitvater verlieben!). Zum anderen quälte mich der Gedanke, dass Helma die ganze Nacht über in Joschas Nähe sein würde (Eifersucht, Teil zwei), und ich überlegte, wie ich es hinkriegen könnte, ebenfalls im Hause Tom & Franz zu nächtigen. Einen Schwächeanfall vortäuschen? Mich betrinken oder mir auf dem Weg zum Klo den Fuß verknacksen? Großer Mist! Wahrscheinlich wären Mummi und Dad schneller hier, als Captain Kirk es mit seiner Enterprise-Beamtechnik jemals hingekriegt hätte.

Ich schickte Helma ein paar flehende Blicke rüber, die sie entweder nicht kapierte oder nicht kapieren wollte. Wenn sie wenigstens so tough gewesen wäre sich mit mir gegen die saufende Männergemeinschaft zu verbünden! Aber sie saß stumm wie eine Komparsin da und sah zu, wie sich drei Menschen männlichen Geschlechts königlich amüsierten.

Es war zum Heulen, ehrlich! Zumal Franz kurz davor war, seine Kaninchen-Zauber-Nummer in Angriff zu nehmen, und das wäre mir vor Joscha nun wirklich peinlich gewesen. Zum Glück stand Tom im letzten Moment auf – Franz hockte schon auf dem Fußboden und konzentrierte sich darauf, dass seine Augen rot wurden – und kramte eine Mundharmonika aus einer Schublade. Tom, der Mundharmonikafreak aus alten Tagen – das war mir völlig neu! Er fing an zu spielen, und zwar so gekonnt, dass Joscha, Helma und ich mit offenen Mündern dasaßen. Schließlich gab Franz seine Kaninchenhockstellung auf, ging aus dem Raum und kam nach einer Weile mit einer verstaubt-verstimmten Gitarre zurück. Wunder Nummer zwei. Wunder Nummer drei war dann, dass Tom und Franz nach ein paar Anläufen im Duett spielten, Lieder aus ihren Jugendtagen, und bei ›Blowin' in the Wind‹ fing Joscha plötzlich an zu singen. Das jagte in mir die Hormone derart durch den Körper, dass mir heiß und kalt und außerdem lila vor Augen wurde.

Joscha sang wie einer dieser Pop-Engel im Fernsehen. Ich war schwer beeindruckt und nahm auf der Stelle alles zurück, was ich jemals über seine Sängerkarriere abgelästert hatte. Ein Blick zu Helma. Die saß ebenfalls ganz andächtig da, was mich nur darin bestärkte, sie um keinen Preis diese Nacht mit Joscha und ihren Vätern allein zu lassen.

Das Hausmusikkonzert dauerte ungefähr eine Stunde. Zwischendurch rief ich meine Eltern an und bereitete sie schon mal darauf vor, dass ich heute bei Helma übernachten würde.

»Warum denn?«, flötete Mummi ins Telefon und mir kam der Verdacht, dass sie eigentlich ein Klamottenattentat auf mich verüben wollte.

»Tom und Franz renovieren gerade ihre Fußleisten und ich muss den Farbeimer halten«, sagte ich und legte einfach auf, während mir im gleichen Moment bewusst wurde, dass Mummi auch glauben könnte, ich würde bei irgendeinem Jungen schlafen. War in gewisser Weise ja auch so. Meine erste Nacht mit Joscha!

»Ihr spielt ja wie der Teufel!«, sagte Helma, als Tom die Mundharmonika weglegte.

Mit seinen roten Wangen sah er wie ein kleiner Junge aus.

»Was meint ihr?« Er lachte Helma und mich an. »Sollten wir nicht eine Band gründen?«

»Hä?«, machte Helma und ich dachte nur, jetzt drehen sie völlig durch!

»Und du, Joscha? Was meinst du?« Tom klang jetzt ziemlich ernst.

»Wer? Ihr beide?«, fragte Joscha und guckte dumm aus der Wäsche.

»Nein, wir drei. Was hältst du davon, Franz?«

»Fänd ich klasse. Zweimal die Woche proben, und im Dezember geben wir unser erstes Konzert.«

»Aber vielleicht findet Joscha euch viel zu alt, um mit euch zu spielen«, mischte sich Helma ein.

»Das soll er besser selbst entscheiden.« Franz guckte Joscha erwartungsvoll an und dann erlebten wir einen ziemlich demolierten Luftballon, der rumstotterte, was das Zeug hielt. Ja und nein, und er wolle doch eigentlich nach Holland, aber Franz und Tom würden genial spielen, blubber, blubber, blubber…

Ich war plötzlich hundemüde – obwohl es nur in meinem Sinne sein konnte, wenn die drei eine Band gründeten und Joscha zu diesem Zweck in Deutschland blieb – und fragte Helma, ob ich mit in ihrem Bett schlafen könne.

»Klar«, sagte sie. »Geh du nur schon vor.«

Was ich dann auch ohne zu murren tat, obwohl mein Angebeteter doch so zum Greifen nahe war.

Pantomime-Notfall

Zu blöd, aber am nächsten Morgen musste ich die Wohnung verlassen, bevor Joscha auch nur einen elendigen Zeh aus seinem Couchbett gestreckt hatte. Ich stieß mir das Knie an Helmas Fernrohr – aua! –, schnell rüber zu uns, umziehen und Schulsachen packen. Mummi wollte nicht mal wissen, warum ich nun tatsächlich bei Helma geschlafen hatte, und Dad war eh schon aus dem Haus.

»Müsli? Toast?«

Ich schüttelte den Kopf, nahm mir eine Banane aus der Obstschale und rannte nach draußen.

Helma wartete bereits, grinsend und ausnahmsweise mal ohne ihr berühmtes Kalkgesicht.

»Wo ist Joscha?«, fragte ich in einem Anflug von Panik.

»Zum Arzt. Sein Fuß tut ihm noch höllisch weh.«

Dann wollte ich von Helma wissen, ob gestern noch was losgewesen sei.

Geheimnisvolles Lächeln. »Hätte ich nicht gedacht, dass du einen Prinzen einfach so allein lässt.«

»Ich auch nicht«, sagte ich und ärgerte mich maßlos, dass ich ausgerechnet gestern einer Müdigkeitsattacke zum Opfer gefallen war. Normalerweise passierte das einmal in fünf Jahrzehnten.

»Los, sag schon!« Ich knuffte Helma in die Seite.

»Joscha ist eine Viertelstunde nach dir ins Bett und ich fünf Minuten später.«

»Das war alles?«

»Ja. Das heißt nein. Du hast im Schlaf gegrunzt.«

Den ganzen Weg zur Schule versuchte ich mich an meine erste Nacht mit Joscha zu erinnern. Dummerweise ließ mich mein Gehirn komplett im Stich. Ich musste wie ein Stein geschlafen haben. Es bestand nicht die geringste Hoffnung, dass Joscha und ich uns zufällig beim Gang zur Toilette auf dem Flur begegnet waren und uns heiß geküsst hatten. Na ja…

Die Schulstunden waren zäh wie Kaugummi. Erdkunde, Mathe, die Makkaroni – und kein Joscha in Sicht. Bestimmt tausendmal fragte ich Helma, was er denn gesagt habe, ob er nach seinem Arztbesuch nicht vielleicht doch noch kommen würde.

»Was weiß ich!«

»Hast du ihn nicht gefragt?«

»Nein, hab ich nicht.«

»Und zu wie viel Prozent bist du noch in ihn verliebt?«

»Weiß nicht. Fünfunddreißig Prozent vielleicht.«

Irgendwie war ich erleichtert. Hatte ich Joscha früher mal tausendprozentig geliebt, war die Zahl im Taxi auf vierunddreißig gesunken, mittlerweile aber wieder auf einhundertzehn gestiegen.

Vor der Sportstunde passierte dann das Helma-Drama Nummer zwei. Wieder so ein Zettel. »Schwule haben Aids!« stand darauf und Helma brach in Tränen aus. Ich nahm sie in den Arm und versuchte ihr klarzumachen, dass das Idioten seien, die so etwas schrieben, und dass sie Tom und Franz vielleicht doch informieren sollte. Sie nickte, was ich als entschiedenen Fortschritt in der Angelegenheit wertete.

In der Umkleidekabine musste ich feststellen, dass ich in der Hektik heute Morgen meine Sportsachen vergessen hatte. Verflixt noch mal! Nicht nur, dass die Pantomime sowieso schon eine Strafe war, jetzt durfte ich auch noch in meinen Lieblingsjeans auf dem Boden herumhampeln. Immer noch hatte ich die leise Hoffnung, Joscha würde wie ein Wunder plötzlich aus dem Boden auftauchen, was natürlich nicht geschah, zumal ja Sport das Letzte war, was er mit seinem verknacksten Fuß tun konnte. Helma und ich zogen lange Gesichter. Wir beide allein mit dem Schokokuss. Der hatte heute allerdings und netterweise jede Menge Anschauungsmaterial mitgebracht, helle und dunkle Schokoküsse, die wir gemeinsam in einem Rutsch aufaßen. Meine Laune besserte sich mit jedem Happen klebriger Pampe, die in meinem Magen verschwand, als die Helmbrecht neben mir auftauchte.

Wo denn Joscha sei und ob wir nicht wüssten, dass Essen in der Sporthalle strengstens verboten sei.

»Hören Sie«, wandte sich Moritz an den lilagelb gemusterten Jogginganzug vor unserer Nase. »Wie soll ich einen Schokokuss darstellen, wenn ich nicht mal weiß, wie er schmeckt?«

»Ich glaube, du hast in deinem Leben schon genug Schokoküsse gegessen. Nur zu eurer Information: Heute muss die Choreographie stehen, beim nächsten Mal ist Generalprobe.«

Wir zogen lange Gesichter und Helma wollte wissen, wie wir das ohne vierten Mann hinkriegen sollten.

»Uminszenieren«, sagte die Helmbrecht kalt wie ein tiefgefrorener Hering und verschwand.

Da standen wir also, ziemlich ratlos, und

selbst Moritz waren die Sprüche ausgegangen. Er sah plötzlich weiß und etwas eingefallen aus und ich fragte mich ernsthaft, ob das etwa mit der Helmbrecht-Bemerkung zu tun haben könnte. Vielleicht hatte Moritz doch mehr Probleme mit seinen Kilos, als er zugeben wollte.

»Okay, Leute!« Er klatschte wie ein Showmaster in die Hände, strahlte wieder übers ganze Gesicht. »Ich schlage vor, dass der Stern auf dem Schokokuss reitet und der Bauchnabel…« Moritz stockte, fragte mich dann, ob ich nicht doch netterweise einen Fotoapparat spielen würde. Dann könnte ich wenigstens die Reitszene knipsen.

»Okay«, sagte ich. Was diesen Pantomimenmist betraf, war mir mittlerweile alles egal.

»Kannst du nicht ein paar akrobatische Übungen auf meinem Rücken machen?«, fragte Moritz jetzt Helma, die nur verstört nickte und mit ihrem Kalkeimer-Gesicht aussah, als hätte man sie schon profihaft für die Aufführung geschminkt.

»He, du hast doch mal voltigiert. Dann kannst du doch auch auf Moritz voltigieren«, hörte ich mich sagen und wusste, wie gemein das war. Helma warf mir flehende Blicke zu – aber zu spät.

Voller Begeisterung packte sich Moritz sein

Opfer und sagte, das sei ja ganz prima, eine kleine Akrobatin habe er noch nie auf seinem Rücken gehabt. Dann hockte er sich auf alle viere und Helma blieb nichts anderes übrig als auf Moritz zu klettern, der sich im selben Moment kriechend vorwärts bewegte. Ich konnte nicht mehr vor Lachen. Wie Helma auf ihrem Riesenschokokuss hin und her schaukelte!

»Los, jetzt zeig mal, was du kannst«, ächzte Moritz und Helma streckte brav ihr linkes Bein in die Höhe.

Die Helmbrecht kam angefegt und war zu unserer Überraschung völlig begeistert.

Wie wir allerdings später das Kondom einzubauen hatten, wurde nicht besprochen.

Dann passierte es: Die Helmbrecht drehte sich gerade um, Moritz legte einen Kriechgang zu und Helma plumpste im selben Moment mit Karacho auf den Linoleumboden, ein Schrei – dann weinte Helma. Sie heulte und hielt sich ihr Steißbein und Moritz schloss sie kurzerhand in seine Arme.

Mannomann! Ich glaubte meinen Augen nicht zu trauen! Moritz, der zärtliche Lebensretter, und eine Helma, die sich den Körperkontakt ohne zu murren gefallen ließ. Daneben ein zur Salzsäule erstarrter Jogginganzug, der offensichtlich nicht wusste, was in solchen Pantomime-Notfällen zu tun war.

Glücklicherweise ergriff Helma die Initiative. Sie befreite sich aus Moritz' Umarmung und behauptete mit schmerzverzerrtem Gesicht, es tue schon nicht mehr so weh.

»Soll ich einen Arzt rufen?«, fragte der Jogginganzug. Helma schüttelte den Kopf.

Ein Kopfnicken in meine Richtung. »Dann bring sie bitte nach Hause.«

Das ließ ich mir nicht zweimal sagen. In der Umkleidekabine fragte ich Helma, ob es in Moritz' Armen schön gewesen sei.

»Mensch, hab du mal solche Schmerzen«, pflaumte sie mich an, um für die nächsten Stunden unserem altbekannten Schweigeorden beizutreten.

So war das also mit unserem Pantomimekurs: Vier kleine Negerlein, jetzt blieben nur noch zwei. Ein dicker Schokokuss und ein frustrierter Fotoapparat. Wie sollte man damit etwas auf die Beine stellen?

Trostlose Zeit. Joscha war offensichtlich (reuevoll) zu seiner Stiefmami heimgekehrt, Helma ließ sich von ihren Doppelpack-Vätern bemuttern und ich musste den ganzen Alltagsmist allein hinter mich bringen.

Helmas Sturz von Moritz' Rücken hatte üble Folgen. Poschmerzen zum Wahnsinnigwerden. Helma konnte weder liegen noch sitzen, am erträglichsten war es noch, durch die Wohnung zu spazieren und in der Nase zu bohren.

Logischerweise war sie auch vom Babysitten suspendiert worden, so dass ich wohl oder übel ohne sie hinfahren musste. Zu meinem Erstaunen saß Joscha mit eingegipstem Fuß auf dem Martensen Sofa und ließ es zu, dass sein Brüderchen auf seinen Knien herumturnte. Er sah durch mich hindurch, als wäre ich eine Nebelschwade, die sich aus lauter Verzweiflung darüber, nur eine Nebelschwade zu sein, komplett unsichtbar gemacht hatte. Dafür begrüßte mich die Martensen um so freundlicher.

»Wo ist denn Helma?«, fragte sie.

»Beim Sport verunglückt.«

»Was?« Das war Joscha, der es geschafft hatte, drei Buchstaben an mich zu verschwenden.

»Tja, der Pantomimekurs«, sagte ich lässig. »Sie ist von Moritz gefallen. Aufs Steißbein.«

Joscha fing derart an zu lachen, dass Kasimir auf seinen Knien hin und her wackelte. So lustig war die Angelegenheit ja nun auch wieder nicht.

»Dann wünsche ich ihr gute Besserung«, sagte Frau Martensen. Ich nickte.

»Ach…« Sie hatte schon halb ihren Mantel an. »Ich stelle es dir frei, ob du heute babysittest oder nicht. Joscha ist ja auf jeden Fall da. Aber wenn du dich drauf eingestellt hast und das Geld brauchst…«

Meine Herzschrittmacher spielten beide gleichzeitig verrückt. Pah! Das Geld! Es war mir so egal wie die Grünpflanze hier im Wohnzimmer. Aber die Aussicht, ein paar Stunden mit Joscha (fast) allein zu verbringen, übertraf alle meine Erwartungen.

»Ich… bleib dann«, stotterte ich und hoffte inständig, dass Joscha meine Herzprobleme nicht bemerkte.

»Okay.« Frau Martensen lachte. »Tschüs, ihr beiden.« Die Tür fiel zu. Stille. Kasimir auf Joschas Beinen.

»Wo geht deine… Mutter eigentlich immer hin?«

»Arbeiten.«

»Und was?«

»Freie Journalistin.«

Aha.

Ein neuer Anlauf.

»Soll ich Kasimir ins Bett bringen?«, fragte ich.

Joscha hob die Schultern und griff zur Fernbedienung.

»Normalerweise schläft er um diese Zeit.«

»Hab ich etwa gesagt, du darfst ihn nicht hinlegen?«, fauchte Joscha. »Mach doch, was du willst!«

Wütend griff ich mir Kasimir und ging ins Babyzimmer. Ich musste was beschließen, hier und jetzt, denn eigentlich hatte ich nicht vor mich von einem muffigen Joscha tyrannisieren zu lassen. Ich legte Kasimir hin und streichelte seine weichen Wangen. Da lachte er mich so süß an, dass ich mich wieder mal fragte, was ich überhaupt an Joscha fand. Er war ein Niemand, ein unfreundlicher, undankbarer Doofkopf.

Wollte er sein Leben lang alles darauf schieben, dass er bei einer bösen Stiefmutter aufwuchs?

Kasimir schlief schneller ein, als mir lieb war. Ich schaute noch eine Weile in sein zufriedenes, butterweiches Gesicht und dann wusste ich auf einmal, was zu tun war. Ich rannte ins Wohnzimmer, riss Joscha die Fernbedienung aus der Hand und starrte ihn feindselig an. Er guckte zurück, total verunsichert.

Dann schrie ich los: »Du bist der ekligste, widerlichste, unhöflichste und blödeste Typ, den ich kenne! Und wenn ich mir überlege, warum ich dir überhaupt geholfen habe, kann ich nur sagen: Schön blöd! Schön blöd sich für einen wie dich den Arsch aufzureißen!« Pause. Keine Reaktion. In meinem Kopf brodelte es. Da war so viel Ärger und Wut drin, ein Kuddelmuddel an Gefühlen. Entweder, ich hätte ihm eine geknallt oder ihn gleich geküsst, es war das reine Chaos, das in mir ausgebrochen war.

»Du Blödmann! Pascha! Paprikafresser! Du kannst mich mal!«

Ich rannte raus und in Frau Martensens Schlafzimmer. Keine Ahnung, was ich da wollte, aber bei Joscha im Wohnzimmer konnte ich unmöglich bleiben. Ich setzte mich aufs Bett und merkte, wie Tränen in mir hochstiegen. Blöde Mädchentränen, die ich gar nicht vergießen wollte. Kein Junge war es wert, dass man zu heulen anfing, und einer wie Joscha schon gar nicht. Ich stampfte mit dem Fuß auf. Blödes Gefühlswirrwarr! Blöde Jungs, die so etwas in einem auslösten!

Vielleicht hatte ich eine Viertelstunde vor

mich hin geheult, als es leise an die Tür klopfte. Ich erstarrte.

»Ja?«

Joscha kam hereingehumpelt, schoss geradewegs auf mich zu und ließ sich neben mir aufs Bett plumpsen. Er sagte keinen Ton. Ich auch nicht. Wie lange kann man so sitzen und schweigen? Ich fürchtete gleich wieder mit dem Heulen anfangen zu müssen und biss mir auf die Lippe, bis es schmerzte.

Irgendwann schob sich eine schwitzige Hand rüber und ich glaubte, mein Herz würde samt Schrittmacher herausspringen. Ich saß regungslos da, fühlte meine Fingerkuppen an seinen pochen. Und wenn ich nun plötzlich sterben würde? Hier, neben ihm, auf dem Martensen-Bett? Joscha hätte sein zweites Trauma weg. Also bemühte ich mich vorerst nicht den Löffel abzugeben. Ich guckte mir Joschas mausgraue Turnschuhe an und achtete auf die Hitze, die sich in meiner rechten Hand ausbreitete. Joscha-Hitze. Schwitzhändchen. Sein kleiner Finger zuckte, schabte ganz leicht auf meinem Handrücken hin und her.

Helma. Ausgerechnet jetzt musste sie mir einfallen. Wie sie in diesem Moment zu Hause rumeierte und sich ihren Hintern mit Eiswürfeln kühlte. Die Arme! Und ich schnappte ihr die große Liebe weg!

Aber eigentlich war Joscha doch meine

große Liebe. Ich hatte es vom ersten Moment an gewusst: Er war nicht nur ein rosaroter Luftballon, der zerplatzte, sobald man eine Stecknadel dranhielt – er war ein Mensch mit warmen Fingern, die sich toller anfühlten als alle Katzenfelle dieser Welt.

Nur das Ticken der Uhr. Es kam mir wie eine Ewigkeit vor, und wenn Kasimir nicht zu brüllen angefangen hätte, wären wir wahrscheinlich auf diesem Bett verschimmelt und in einigen tausend Jahren hätte man unsere Skelette ineinander verhakt gefunden. Ich sprang auf und raste ins Babyzimmer; schließlich war das mein Job. Kasimir riss sein Mäulchen auf und bot mir einen imposanten Einblick in seinen Schlund. Ich schob ihm seinen Schnuller rein, dann war Joscha hinter mir. Ich spürte nur einen sachten Zug.

»Danke«, sagte er laut in den Raum. Ich drehte mich um. Joscha hob leicht die Schultern, lächelte – ich verstand die Welt nicht mehr.

»Ich zieh mit meiner Mutter zusammen. Wir nehmen uns eine größere Wohnung.«

Sein Gesicht sah aus wie mit einem Weichspüler behandelt und ich hätte einiges drum gegeben, ihn genau in diesem Moment fotografieren zu können.

»Ich verstehe nicht…«, sagte ich mit einer mir selbst fremden Stimme. Sie musste in etwa klingen, als hätte ich Mummis Pudertiegel samt Quaste verschluckt.

»Besser so als Holland.« Joscha kam dicht an mich heran, fast glaubte ich, er würde mich anfassen. »Und Kasimir braucht schließlich seinen Bruder.«

Und deine richtigen Eltern?, hätte ich beinahe gefragt, kratzte aber noch rechtzeitig die Kurve und erwähnte nur seinen Vater.

»Der sagt, es sei meine Sache.«

»Und wie macht ihr das mit dem Geld?«

»Meine Mutter kriegt eine Festanstellung und Paps, der zahlt natürlich auch was.«

Urplötzlich drehte er sich weg, ging zum Fenster im hinteren Teil des Raumes und ordnete die Gardinen. »Ohne dich... Ich meine, wenn das mit dem Fuß nicht dazwischengekommen wäre... Und mit Helmas Vätern...«

Mensch! Ich konnte es kaum fassen! Das war ja fast so etwas wie ein Dankeschön, ein deftig-sahniges Dankeschön! Mein Herz klopfte, mein Mund war knochentrocken. Ich schluckte, was aber nicht richtig ging, weil mein Rachen einer plötzlichen Verschleimung zum Opfer gefallen war. Gott sei Dank kamen noch Töne raus, als ich den Mund aufmachte. Ich fragte Joscha, warum er nicht eher zur Martensen gegangen sei. Nur wegen der finanziellen Lage?

Erst sagte Joscha gar nichts, sah mich nur

ratlos an wie ein kleiner Junge mit Strubbelhaar.

»Das ganze Leben umkrempeln? Ging doch auch so. Hab Olga oft besucht...« Er brach ab, sah den Teppichboden an. Wahrscheinlich hatte er einfach keinen Mut gehabt, sein Leben in die Hand zu nehmen. Langeweile, eine blöde Kuh von Stiefmutter, und die Schule ließ man eben schleifen.

»Ich glaub, ich muss mal sehen, wo das Leben weitergeht«, fügte er dann noch hinzu und ließ endlich die Gardinen los.

»Musik machen?«, fragte ich. »Mit Tom und Franz?«

Joscha hob die Schultern. »Warum nicht? Sie spielen ziemlich gut, und nur weil sie so viel älter sind...« Er lächelte mich beinahe fröhlich an – Wahnsinn, dieser Temperamentsausbruch! »Wie ist es eigentlich für Helma – so mit zwei Männern?«

»Super«, sagte ich sofort. »Würd am liebsten auch hinziehen.« Dann erzählte ich von meinen Eltern, diesen zwei viel beschäftigten Wesen, vom Klamottenwahn meiner Mutter und wie es mir auf die Nerven ging, ihr Versuchskaninchen zu sein.

»Geschwister?«, fragte er.

»Nein.«

»Hat seine Vor- und Nachteile.«

Wie er das von sich gab, eine Binsenweisheit, aber so bestimmt, als hätte er gerade die Erkenntnis seines Lebens gewonnen – da musste ich kichern.

Joscha kam ein Stück an mich heran, auf Zehenspitzen schlich er, war auf einmal so viel größer als ich. »…hast schöne Zähne«, sagte er und es war mehr ein Stottern als normales Sprechen.

Erschrocken machte ich den Mund zu. Das erste Kompliment meines Lebens, und das war so absurd, dass ein anderes Mädchen in meiner Lage Joscha vielleicht eine geklebt hätte.

Ich tat es nicht. Ich guckte schräg an Joscha vorbei und genoss das Kribbeln, das sich rasend schnell in meinem ganzen Körper ausbreitete.

»He, Mann!« Joscha schaute hektisch auf seine Uhr. »Meine Mutter kommt gleich wieder.«

»Ach ja.« Ich ging raus, behauptete einfach, ich müsse mal aufs Klo.

In der Toilette stand ich dann vorm Spiegel und betrachtete meine erhitzten Wangen.

Himmel noch mal! Ich sah aus, als hätte ich zehn Stunden Pantomime am Stück hinter mir. Joscha, wenn du wüsstest!

Kaum traute ich mich wieder aus dem Klo, als ich den Schlüssel in der Haustür hörte.

Olga! Mir blieb nichts anderes übrig als das Feld zu räumen.

»Grüß mir Helma«, sagte Frau Martensen, als ich schon in meiner Jacke im Flur stand.

»Mach ich. Und Wiedersehen!«

Dann war Joscha neben mir. »Ich bring dich raus.«

Mir stieg die Hitze in die Wangen, als ich seinen Atem dicht an meinem Nacken spürte.

»Darf ich dich mal was fragen?« Seine Stimme klang so tief, als hätte er in den letzten zwei Minuten den Stimmbruch hinter sich gebracht.

»Ja?«

»Warum warst du neulich wirklich in unserem Garten?« Er schluckte. »Und gleich zweimal?«

Ich dachte, ich müsste auf der Stelle sterben und stotterte, das gehe ihn gar nichts an.

»Doch.« Er stand plötzlich vor mir und machte sich so breit, dass ich keine Chance hatte, an ihm vorbeizukommen. »Ist schließlich unser Garten.«

»Lass mich durch!«, brüllte ich.

Da griff Joscha in meine Haare. Mir wurde schwindlig, als er sich vorbeugte und mir ein Küsschen auf die Lippen platzierte. Dann wurden seine Arme lasch, er ließ mich durch und ich rannte, als wäre der Teufel persönlich hinter mir.

Dicker Moritz – dicker Hund

Ich rief Helma an. Ehrlich gesagt, ich hatte Schiss, einfach hinzugehen.

»Wie geht's?«, fragte ich, Marke harmlos.

»Mensch, komm doch auf eine Cola rüber.« So wie Helma klang, hatte sie irrsinnig gute Laune.

»Ich muss noch Mummis neue Sachen anprobieren.«

»Du pfeifst doch sonst auch auf die Klamotten.«

»Na gut.« Ich legte den Hörer auf und überlegte, wie ich es ihr sagen sollte.

Wir haben Händchen gehalten, er hat mir einen Kuss gegeben – ich bin ja so verliebt!

Joscha und ich – vielleicht war das doch mehr als nur ein Traum. Zwar ein wenig Seifenblase, die ebenso schnell zerplatzen konnte, wie sie gerade noch an mir vorbeigeflogen war, aber auch ein bisschen klebrige Hände, die mich berührt hatten.

Dabei – was hatten wir schon groß geredet? Ich kannte ihn nun zwar besser als vor ein paar Tagen, aber so vieles war mir noch schleierhaft. Seine Paprikamampferei zum Beispiel, warum er sich in der Schule ständig verweigerte, weshalb er nicht im Telefonbuch stand und was er über mich dachte…

Ich lief schnell ins Bad, flocht meine roten Zöpfe. Zwei, drei Minuten später war ich drüben. In meinem Brustkorb ziepte es; ich hatte mir noch keinen Text für Helma überlegt. Ich wollte keine Lügen, aber ich wollte ihr auch nicht wehtun.

Warum ist das so im Leben, dass nicht alle immer gleichzeitig vor Glück tanzen können, dass manchmal einer leer ausgeht?

Helma öffnete. Sie trug einen karierten Männerschlafanzug, hatte die Ärmel und Hosenbeine hochgekrempelt. Dafür, dass sie so blöd auf den Hintern gefallen war, sah sie eigentlich quietschfidel aus.

Wir gingen in die Küche, sie holte eine Colaflasche aus dem Kühlschrank, schenkte uns beiden ein. Irgendetwas war doch los – das sah ich ihr auf tausend Kilometer Entfernung an. Dieses Grinsen. Kam mir bekannt vor. So hatten schon viele Menschen vor ihr gegrinst – wenn sie verliebt waren. Ach, du Schreck! Das wäre allerdings das Hinterletzte! Wenn Joscha auch Helmas Hand genommen hatte, einen Kuss auf ihre Lippen…

»Was ist?«, fuhr ich sie an.

Helma zuckte zusammen, verschluckte sich an ihrer Cola und fing an zu husten.

»Nichts Besonderes, nur… Meine Mutter

hat geschrieben. Ich soll in den Ferien kommen.«

»Echt?«, fragte ich erleichtert.

»Ja, echt.«

»Und? Fährst du hin?«

»Weiß noch nicht.« Helma machte auf gleichgültig, sagte schließlich aus heiterem Himmel, Moritz habe angerufen und wolle mit ihr Plätzchen backen.

Dann passierte alles gleichzeitig. Ich musste lachen und mir fielen tausend Steine vom Herzen. Ich sah Joschas Bärenaugen vor mir, wie er mich anguckte, und konnte nicht glauben, was Helma da von sich gegeben hatte.

»Der dicke Moritz?«, fragte ich zur Sicherheit nach.

»Genau der.« Helmas Gesicht strahlte, als hätte sie früher mal das Lametta am Tannenbaum gespielt.

Der dicke Moritz! Das war wirklich ein dicker Hund!

»Sag bloß, du bist in ihn verknallt?«, schoss es aus mir heraus.

»Quatsch!«, wiegelte Helma ab und ihr Pferdeschwanz flog um ihren Kopf.

»Was dann?«

»Weiß auch nicht. Ich freu mich halt. Ist doch ein netter Typ.«

»Klar, finde ich auch«, sagte ich und überlegte, ob ich überhaupt noch von Joscha anfangen sollte. Wir gingen in Helmas Zimmer, legten uns auf ihr Sofa, jede in eine Ecke, und verhakten unsere Beine miteinander.

»Und? Gehst du hin – zum Plätzchenbacken?«

»Ja, morgen.«

Jetzt war ich diejenige, die sich an der Cola verschluckte. Mensch, das wäre prima, wenn Helma und der dicke Moritz... Und warum eigentlich nicht? Hatten Dicke vielleicht nicht das Recht, von dünnen Mädchen geküsst zu werden?

Dann erinnerte ich mich, dass Moritz ein hübsches Gesicht hatte, einen schön geschwungenen Mund, dunkle Augen, dazu das lockige Haar.

»Hör mal, Helma, ich muss mit dir reden.«

»Du und Joscha«, sagte Helma einfach und trank ihr Glas auf ex aus.

Ich schätze, mein Gesicht ging in einem roten Farbenmeer unter, während ich den Tathergang bei der Martensen zusammenstammelte. Und das bei meiner besten Freundin!

Warum konnte ich ihr nicht einfach so erzählen, was Sache war?

»Ich hab's neulich schon gemerkt«, sagte Helma. »Er hat dich ganz schön oft angeguckt.«

»Hat er?« Ich fühlte mich wahnsinnig geschmeichelt und wollte es mir gern noch mal bestätigen lassen.

»Ja.«

»Und du?«

Helma zuckte mit den Schultern. »Mir ist es irgendwie egal – obwohl es mir auch nicht egal ist.«

Ich sah sie an, als hätte sie von mir verlangt durch einen brennenden Reifen zu springen.

»Na ja, vielleicht war ich nur in die Vorstellung von einem Joscha verknallt«, meinte sie dann.

Ich nickte langsam, weil es mir schließlich ähnlich gegangen war. Und eigentlich hatte ich jetzt nur vor mich in den richtigen Joscha zu verlieben.

»...und wahrscheinlich bin ich auch eifersüchtig, weil er dich ausgewählt hat.« Helma zupfte ein paar Fussel vom Sofa. »Aber es ist doch Mist, seiner eigenen Freundin nur aus Neid etwas nicht zu gönnen.«

In einer plötzlichen Anwandlung von Zärtlichkeit rappelte ich mich aus meiner Ecke und nahm Helma in den Arm. Sie war toll! Die beste Freundin, die man sich denken konnte, und nicht mal Joscha wäre es wert gewesen, dass man sich mit ihr zerstritt.

Was für ein Glück ich mit Helma hatte! Eine andere Freundin hätte mir meinen Joscha nicht einfach so überlassen. Sie hätte rumgezetert oder nie wieder ein Wort mit mir gewechselt, sie hätte geheult und mir ein grässlich schlechtes Gewissen eingeredet.

Abends beim Einschlafen dachte ich darüber nach, mit welcher Selbstverständlichkeit meine Gedanken mit »meinem« Joscha umsprangen, und dann wurde mir ganz anders, weil ich da über einen Besitz verfügte, der überhaupt nicht meiner war und der, selbst wenn ich mal mit Joscha zusammenkommen würde, sowieso kein Gegenstand war, den man sich einfach unter den Nagel reißen konnte.

Zeitalter der Toleranz

Dann kamen die Tage, an denen alles wie immer war und doch ganz anders. Joscha saß in der Schule wieder vor mir, unbeweglich wie sonst auch, beteiligte sich kein bisschen am Unterricht. Helma hatte ihren Hintern auskuriert und brav mit ihrem Verehrer Plätzchen gebacken.

Und ich konnte mich nicht entscheiden, ob ich beobachten sollte, was zwischen Helma und Moritz vor sich ging oder zwischen Joscha und mir.

Nicht dass bei uns gleich die große Liebe explodierte, nein. Wir krochen im Schneckentempo: Wir quatschten mal in der Pause oder wenn ich zum Babysitten kam, einmal nahm er meine Hand und das mit der Küsserei ging erst viel später los.

Da hatte Moritz schon fünf Kilo abgenommen und ich hielt es für sinnvoll, Helma endlich darüber aufzuklären, dass die kleinen Babys nicht vom Klapperstorch gebracht wurden.

In der Zwischenzeit zog sich Joscha immer wieder in sein Schneckenhaus zurück, weiß der Teufel, warum der Kerl so war! Aber trotz aller Rückschläge beschloss ich am Ball zu bleiben. Ich liebte ihn schließlich und irgendwie merkte ich, dass er mich auch nicht ganz scheußlich fand. Manchmal guckte er mich mit seinen Teddybärenaugen jedenfalls ziemlich verliebt an und einmal erzählte er mir, er habe noch nie eine richtige Freundin gehabt.

Sei's drum. Immerhin gab es zwei Dinge, die Joscha ganz und gar gefangen nahmen. Das waren zum einen die ersten Bandproben mit Tom und Franz und zum anderen die Pantomimestunden.

Was meine Person angeht: Die Bandproben fand ich eher zum Heulen, und zwar deshalb, weil weder Helma noch ich dabei sein durften. Frechheit! Schließlich hatten wir die drei verkuppelt und wollten nun auch einen Teil der Früchte ernten. Meistens hockten Helma und ich in ihrem Zimmer, hörten von unten aus dem Weinkeller die dumpfen Bässe und das war's dann auch. Doofes Männerpack! Was hatte ich schon vom Leben – außer einer Freundin, von der ich Mathe abschreiben konnte, die mir die Haare nachtönte und die plötzlich in den Pantomimestunden aufblühte, als wäre sie ein Kirschbaum im Frühling?

Also, Pantomime. Alles fing eigentlich damit an, dass wir zu viert die Generalprobe schwänzten, um in die Eisdiele zu gehen.

Helma und ich vorneweg, Moritz und Joscha im Schlepptau.

Was Helma da immer für Zettelchen kriege, wollte Moritz auf einmal wissen.

Ich merkte, wie sich Helma neben mir steif machte und gleichzeitig schneller nach vorne preschte. Dann drehte sie sich um und schrie es Moritz ins Gesicht: »Mein Vater ist schwul und sein Freund auch, aber was geht das überhaupt jemanden an!«

Ich fand die Situation ziemlich peinlich und auch Joscha machte ausnahmsweise mal nicht den Eindruck, als ob ihm die Dinge sonstwo vorbeigingen. Aber Moritz lief, so schnell er konnte, hinter Helma her und hakte sich einfach bei ihr unter.

»He, Ballerina!« Das war sein neuestes Kosewort für Helma, die zwar zierlich war, mit einer Ballerina jedoch so viel gemein hatte wie eine Paprikaschote mit einem Nachttopf. »He!«

Er flüsterte ihr irgendwelche Worte ins Ohr, die ich nicht verstand, doch ich merkte, dass sie eine Wirkung auf Helma haben mussten – immerhin schaute sie mal was anderes als den Bürgersteig an.

Moritz drehte sich um. »Oder habt ihr etwa was gegen Schwule?«, rief er und lachte dabei.

Wir schüttelten den Kopf. Das war in dem

Moment, als wir die Eisdiele betraten, und noch bevor wir unsere Bestellung aufgegeben hatten, rückte Moritz mit seiner Idee raus: Wir sollten unsere Pantomime »umpantomimisieren«. Wie wär's, wenn wir ein Aktionsstück zum Thema Homosexualität inszenieren würden?

»Aktionsstück zum Thema Homosexualität« – klar, hörte sich nicht schlecht an, und außerdem fand ich, dass es an der Zeit war, in die Offensive zu gehen. Bevor Helma etwas antworten konnte, führte Moritz seine Idee weiter aus: Er und Joscha würden jeweils ein Männlichkeitszeichen vor sich hertragen, Helma bliebe weiterhin der Stern, der den Weg in ein neues Zeitalter der Toleranz leuchten würde, und ich…

Moritz sah mich durchdringend an – ich konnte förmlich sehen, wie es in seinem Kopf ratterte.

»Ich könnte das Bühnenbild machen«, schlug ich vor und dachte dabei an meine Bauchnabelfotos. Vergrößert würden die einen wahnsinnigen Hintergrund abgeben.

»Zeitalter der Toleranz«, meinte Helma und klang resigniert. »Ihr stellt euch das so einfach vor. Manchmal hab ich den Eindruck, dass wir im Mittelalter leben.«

»Das Mittelalter ist nur in dir selbst«, sagte Moritz todernst und lud seine Patschhand auf

Helmas Pfötchen ab, was sie sich ohne weiteres gefallen ließ. Sie sah ihn auf einmal in einer Weise an, als wäre ihr gerade erst aufgegangen, was sie an ihm hatte.

Joscha, der die ganze Zeit schweigend dabeigesessen hatte, fragte zaghaft an, ob es nicht möglich sei, dass wir die Rollen einfach tauschten, Helma und ich als Männer verkleidet. Er könne sich ja auch um das Bühnenbild kümmern.

»Siehst du, da haben wir's!«, fuhr Moritz ihn an und seine gute Laune war dahin. »Das Spießerdenken in Person. Hast ja nur Angst, jemand könnte denken, du seist schwul.«

Joscha sagte nichts, zog aber kleinlaut den Schwanz ein und verkroch sich in seine Hundehütte. Mensch, Joscha! Wir schwiegen alle eine Runde lang, tranken unseren Cappuccino, nur Moritz starrte in die Luft. Er hatte als Einziger ein Eis bestellt – und das ließ er jetzt zu einer Brühe zusammenschmelzen. Nach einer Weile kam Joscha aus seiner Hundehütte gekrochen und gab bekannt, er würde die Sache mit uns durchziehen. Ich hätte ihn am liebsten geküsst, doch so weit waren wir ja noch nicht.

Natürlich kriegten wir wegen der geschwänzten Sportstunde Ärger.

Aber Gott sei Dank hatten wir Moritz und der konnte der Helmbrecht glaubhaft versichern, dass wir in Klausur gegangen waren, um für die Pantomime ein neues Konzept zu erarbeiten.

»Und wann wollt ihr euer neues Konzept noch proben?«, fragte sie schnippisch. »In drei Tagen ist bereits die Aufführung.«

»Zerbrechen Sie sich darüber nicht den Kopf«, antwortete Moritz und ließ den lila gemusterten Sportanzug einfach stehen.

Drei Tage. Es waren drei Tage, in denen wir zu einem Kleeblatt zusammenwuchsen, und ich konnte mir hinterher gar nicht mehr vorstellen, dass ich noch vor ein paar Wochen weder mit Moritz noch mit Joscha auch nur ein einziges Wort gewechselt hatte.

Wir probten nachmittags und abends bei Helma im Keller – die Band musste für diese Zeit mal aussetzen. Ich war Choreographin, Kostüm- und Bühnenbildnerin zugleich, das bewahrte mich wenigstens davor, mit den anderen vor Publikum herumzuhampeln.

Gleich am ersten Abend brachte ich meine vergrößerten und zu einem riesigen Plakat zusammengeklebten Bauchnabelfotos mit. Meine drei Tänzer kriegten sich vor lauter Begeisterung nicht mehr ein und ich muss zugeben, dass mich meine Mondlandschaft ebenfalls total faszinierte.

Die Kostümfrage war auch schnell gelöst. Die Jungs trugen ihre normalen Sportanzüge, über Kopf und Gesicht zog ich ihnen einen Strumpf mit Löchern drin, ganz gangsterlike, darauf malte ich ein riesiges Männlichkeitszeichen. Helma befahl ich so lange in ihrem Kleiderschrank herumzuwühlen, bis sie irgendetwas Hängerartiges fand, möglichst in Weiß oder Zitronengelb. Natürlich sollte sie barfuß auftreten und ihre blonden Haare würde sie offen tragen.

So weit, so gut. Das mit der Choreographie erledigten wir dann eigentlich gemeinsam. Moritz und Joscha probierten einen ziemlich akrobatischen Teil, wobei Joscha in halsbrecherischer Aktion auf dem stabileren Moritz herumturnte. Nur Helma musste ich ein bisschen auf die Sprünge helfen. Sie hatte plötzlich wieder ihre Ich-bin-so-schüchtern-und - kann - mich - nicht - bewegen - Masche drauf und drängte mich die Rolle mit ihr zu tauschen, was ich jedoch ablehnte. Ich konnte ja schließlich nicht ihren Stern abkupfern, zumal ich noch auf die Idee kam, ganz zum Schluss quasi als Statistin über die Bühne zu hüpfen, die Bauchnabelfotos von den Wänden zu reißen und auf dem Stern und den Schwulen, die sich in den Armen lagen, auszubreiten. Ein starkes Schlussbild. Das Zeitalter der Toleranz!

Ob die Helmbrecht allerdings so tolerant war und unsere Pantomime überhaupt verstehen oder womöglich sogar gut finden würde, war uns so unklar wie meistens die Matheaufgaben im Übungsbuch, aber es spielte auch keine Rolle. Die Helmbrecht war sowieso nicht ernst zu nehmen und immer öfter dachte ich, dass solche Aktionen doch eigentlich genauso viel Spaß machten, wie einsam im Kämmerchen zu hocken und Fotos zu entwickeln.

Der Tag der Schulaufführung raste wie eine Sternschnuppe auf uns zu und bevor wir Luft holen konnten, war er schon da.

Vor lauter Aufregung bekam ich morgens nicht mal eine halbe Tasse Tee runter und Helma hatte ein Doppelt-hält-besser-Kalkgesicht aufgelegt.

Den Jungs erging's im Übrigen auch nicht anders: Die waren so hibbelig, dass sie nicht mal die Hampeleien der anderen mitkriegten, was im Übrigen auch nicht besonders schade war.

Trotzdem klappte alles wie am Schnürchen: Moritz war schwuler denn je, Joscha akrobatischer als ein Zirkusjunge und Helma sternenhafter als das ganze Universum. Wir landeten den absoluten Hit, wir waren die Sensation! Die Helmbrecht kriegte sich gar nicht mehr ein, wir bekamen jeder eine Eins und die anderen hatten die ganze Zeit über Stielaugen. Wir hatten nämlich als einzige

Gruppe eine Pantomime mit »Aussage«, eine mit Bühnenbild und Kostümen, jaja…

Ich war mächtig stolz und mächtig verliebt und noch am selben Abend luchste ich Joscha vor der Bandprobe im Helmaschen Keller einen zweiten Kuss ab.

Diesmal einen richtigen, nicht so ein Enkel-küsst-Oma-Küsschen. Und ich wusste auf einmal, dass es fantastische Ferien werden würden.

Wurden es auch. So einigermaßen jedenfalls.

Ich half Joscha bei seinem Umzug, schrieb Helma, die sich tatsächlich überwunden hatte samt Forscherausrüstung zu ihrer Mutter zu reisen, und war im Übrigen so nett zu meiner Mummi, dass ich ihr mehrmals täglich den Gefallen tat und ihre Schreckensklamotten anprobierte.

O Zeitalter der Toleranz!